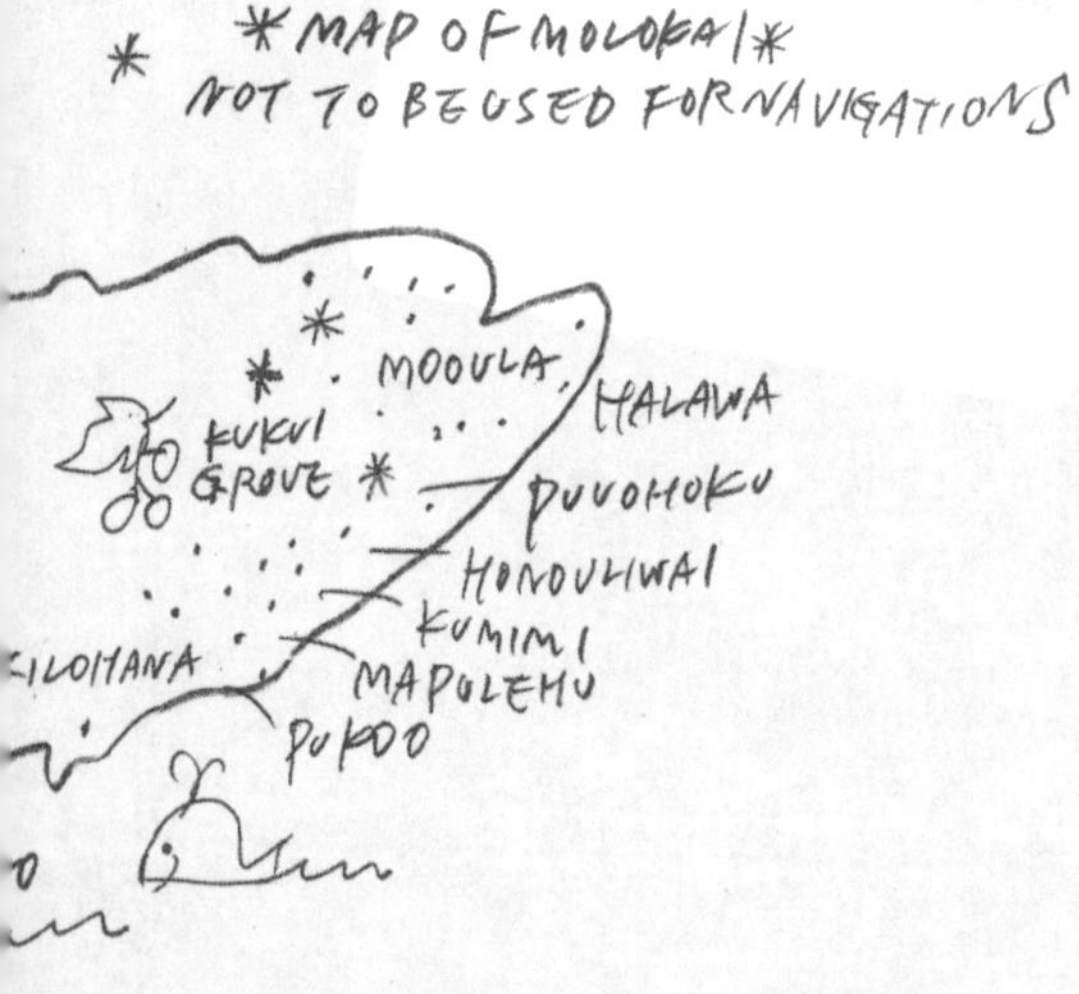
MAP OF MOLOKAI
NOT TO BE USED FOR NAVIGATIONS
MOOULA
HALAWA
KUKUI GROVE
PUUOHOKU
HONOULIWAI
KUMIMI
MAPULEHU
PUKOO

MOOMOMI
HOOLEHUA
KALAE
KUALAPUU
MAUNALOA
KAANA
KALAMAULA
KAMILOLOA
131
HALEOLONO
ONEALII
KAUNAKAKAI
KAPAAKEA
HOUSE ON TOP OF SANDALWOOD HILL

モロカイ島の日々

——サンダルウッドの丘の家より

山崎美弥子 文・絵

Little More

プロローグ

この星で、今、生きている奇跡について思う。窓枠の向こうに横たわる水平線を見つめながら。

「生きるわたし」は、この生というめくるめく旅の途中で、いくつかの秘密の魔法を見つけました。それは、あなたもすでに見つけている、かけがえのないものと同じかもしれません。

一つめ。わたしたちは誰しも、夢を叶える力を絶対的にもっているということ。それは、心の中に自分だけの風景を描くことから始まります。

二つめ。わたしたちが奏でるその言葉には、本物のいのちが満ち満ちているということ。そしてその言葉は、傷ついて硬く凍りついた悲しいこころや風景さえも、ふるえさせるほどの巨大な力を秘めているということ。

三つめ。この世界で一番の贈り物、それが抱きしめることであるということ。そしてそれは、すごい学校を出ていなくても、お金も家も何も持っていなくても、ましてムービースターのように美人でもカッコよくなくても、今すぐに誰にだってあげることができる、もっとも誇り高く、美しく強く、そしてあたたかい……このうえない贈り物なのだということ。

そして、もう一つの秘密の魔法。それは、誰かを愛しているのなら「愛しています」と、今、言葉にしなければならないということ。はっきりと聞こえるように。あなたから愛されているその真実を、彼、彼女が決して疑ったりしないように。たとえ遠い宇宙の果てまで離れてしまっても、決して忘れたりなどしないように。千年もの時空を超えて、またぐりあえる日が来るまでしっかりと、覚えていることができるように。

カーディナル（枢機卿という名の鳥）の赤いつばさが今、横切りました。木陰に落ちた空の青を。あなたの魔法の杖をためらうことなく。

サンダルウッドの丘の家で
山崎美弥子

もくじ

モロカイ島の日々

——サンダルウッドの丘の家より

I

ここにたどり着くまで

――オペークとスパークル

めざめる

東京に生まれたわたしは大人になり、大都会《まち》で、数千回も昼と夜とをくりかえしていました。昼と夜の吹き溜まりの中で、わたしの両目に飛び込んでくる色たちが、わたしのカンバスを彩っていました。

とある月が欠けはじめたころのこと。頭の中のイメージを埋め尽くしていたその色たちが、なぜだか不思議と、変わりはじめました。それまで心地よかったはずのある種の色たちに、わたしは興味が無くなってしまったのです。まるで、正体のわからない何かを探そうと、不可視の迷路のような空間に落ち入ってしまったよう。真綿の中でもがいているよう。寝ても覚めても。それはまるで、終わりなく続くように感じられ、焦燥感さえ生まれました。でも、その中に、たしかなる小さな光があるのです。

忽然と、真夜中のブランケットの中、眠りの世界から目覚めたわたしは、到達したのです。まぶたの裏に映る、真新しい色と色。ペール、デューン、ライト、オペークとスパークル……。

「……島！」

それから間もない、ふた月あとのことでした。はじめてハワイに、わたしがこの自分の身体を届けることになったのは。

島と島とをゆきました。そして、はじめて降り立ったこの島で、最初に出会ったひと。それは、不思議なマナ（エネルギー）をからだの奥底に沈ませた、カナカ・マオリ（ハワイアン）の女性でした。その魂のルーツをしっかりと大地に根づかせた人。緑の黒髪、澄んだ瞳。それは深く蒼く、まるで透きとおるスモーキーサファイアの海。

「あの場所へ行きなさい」

この島のことを何も知らなかったわたしが、尊きナ・アウマクア（神々、先祖たち）の聖なる地に導かれたのです。伝統的な祈り方など、知るはずもなかった。けれど、無心でただ祈ることはできた。こころをこめることはできた。常夏の島にもささやかに訪れる遅い秋の、青天井のその下で。

玉の緒のように、そう、ほんとうに夢みたいに短いハワイの島々へのトリップから、大都会《まち》の、終わりない灰色の日常に戻ってしばらくしたころ。わたしはその大都会で大流行のヤマイにかかりました。それは、ハートの奥の奥が、寂しく、いたくていたくていたくて、どんな大病院の名医にさえ治すことができない、深刻なヤマイでした。この大都会の、たくさんの人たちがこのヤマイに苦しんでいる。そう、今も……。なす術を知らず、島へとただ、電話をかけるわたし。

「すぐにここに来なさい」

受話器の向こうから島の人は、わたしの耳の中に、やさしく、でも、しっかりと、その声を投げ入れました。その声は、わたしの魂とからだとを迷いもなく動かしたのです。

わたしはこの人たちのハレ（家）へと導かれました。島の言葉オレロ・ハワイ（ハワイ語）を暗号のように話す、褐色の美しき人たちの家。この島に、いにしえの時から今も伝わるプレ・オ・オ（強い祈り）。わたしは、この家で見つけました。あたりまえのはずなのに、自分の中からいつのまにか失われていたものを。いちばん大切なことを、思い出しはじめたのです。そこは、この島のどこにだってある、裸足のこどもらがかけまわる、聖者たちの家でした。

そうしてわたしは、ひらかれて、ほどかれてゆきました。ポハク（石）のように冷たく硬い、ヤマイの記憶は、いつしかどこかに消え去ってゆきました。ひとこと、ひとこと、この人たちから生まれ出る、他愛ない言葉の持つ温度。それはあたたかく。わたしによく似た誰もが信じてしまった、氷のように冷えきったこの世界のまぼろしのすべてを今、溶かしきってしまうほどに。

ざわめく

わたしのアザーハーフ（魂のもう半分）である人と、この島でめぐりあうことになる幾年かまえから、わたしは同じ夢をくりかえし見るようになりました。不思議な夢。混じりけのない澄んだ墨のような夢。何も見えない。でも身体の感覚がある。そして音が聞こえていました。それは水が動く音……。夢の中のわたしは、やわらかな毛布に包まれたように、ここちよくどこかに横たわり、ゆらりゆらり……。どうしてかはわからないけれど、ただ揺れている。

「いったいわたしはどこで何をしているの？」

くりかえし、くりかえし、わたしは見たのです。その墨色の夢を。

ある年の最初の月の十二日目のこと。もう幾度めになったのか、わたしはこの島に降り立ちました。

それから三回目の夜が始まる直前の、ゴールドに真珠色が混ざった黄昏の時刻でした。カンバスに色をのせる絵筆を休めて、わたしは思い立ったように出掛けたのです。

島唯一の海辺のレストランの演奏会で出会った人。その人と、わずか数ヶ月後に結婚することになるなんて、その時は微塵も考えはしませんでした。その席では二分ほどしか言葉を交わさなかったのですから。でも、船上生活をしているというこの人は、翌朝の短い電話で、わたしをセイリングのワンデートリップへと招待したのです。

それは島の週末の朝のことでした。小さな日帰りの船の旅計画には魅せられたものの、この人のことを普通以上には好きでもありませんでしたし、彼のほうもわたしのことを、普通以上に好きだとは思っていなかったはずです。なぜかって、可笑しなことに、彼はほかの誰かをデートに誘って失敗し、わたしはその代わりだったのだから。そんなふうに、まるで偶然に、あるいは忘れ去った計画通りに起きた、わたしにとってはじめての小さなセイルボートの海の旅。

ゆるやかな午後。海と空はひとつ色となり、コハラ（鯨）たちのかるくここちよい、きゅるきゅるという声さえもその色に溶け、音と色とがひとつになるミラクル。そして、なめらかですべやかな、動かない風のような、満ち満ちた、あたたかい幸福の吹き溜まりみたいに、自分自身がなれることを、何かをしようとしなくても、自分以外の誰かになろうとしなくても、今、この瞬間にそんな存在になれることを、わたしは知ったのです。その秘密のすべてを。

　そしてちょっと素敵なことに、あるいはとても滑稽なことに、なぜだか、わたしをセイリングへと駆り出したこの人が、ナイ・ア（イルカ）にそっくりだという風変わりな考えが、わたしの心のスクリーンにくっきりと浮かびあがりました。決して、彼がナイ・アのような顔をしているわけではないというのに。そして、その日の終わりに、島に暮らす者たちのあいだではごくありきたりの挨拶として、彼がわたしを抱きしめた時、

「なぜ、わたしとこの人はふたつに分かれているのだろう?」
と、自分でもまるで理解できない深い疑問が、わたしの中から湧きあがりました。その不思議さが、ぴたりとわたしにとどまったのです。その日のうちに恋に落ちたわけでもないはずなのに。そうです。その人がレビーでした。

わたしたちが生きてゆく時間の中では、時に計り知れないことが起こるもの。大都会のコンクリートの上の雑踏を、効率良く速く切り抜ける、そんなことが得意だったわたしが、気がつくと、ほとんどの時間を、船上で過ごすようになっていました。海と空の深いグラデーションだけを見つめながら。携帯電話もコンピュータも持たずに。そして週末が来るたびに水平線をめざし、船を、波の青から青へとすべらせて、遠く、漕ぎ出すようになったのです。

「風が好きだ」
と言うこの人と一緒に。

船の名はマナ・オ・イオ（信仰、信条）。風向きにあわせて帆《セイル》をスイッチしなくてはならないということや、ロープの縛り方に舵のとり方。海面と水平線は、どんな色にだって変化すること。まるで神殿のような、巨大なからだのコハラが、こんなにもわたしたちの船のそばまで近づいてくるということ。鳥たちは夕暮れ前にはみな、燃えるようなサンセット色に溶けて、船のまわりから姿を消すこと。髪が旗のように音を立ててはためいても、千切れてしまったりはしないこと。自分の背丈の三倍もあるかという大波のリズムにあわせて、身体の重心を移動させること……そんなことを自然と覚え始めたころ、夜のスパイスがまんべんなくふりかかった船上で、ふいに目覚め、わたしは言葉を失ったのです。

くりかえしくりかえし見た、あの墨色の夢。それはまさしく、未来を予知したものだったのです。このセイルボートの船底《ダウンビロー》に、こんなふうにして、からだを横たえるその未来を。夢の中で幾度となく聞いた、水の動きの音。

それは、海のさざ波のざわめき。海に宿る神様のささやき。それは、果てしなく続いてゆく。墨に塗りつぶされた夢の色は、ポー（夜）を彩る。そして、光はやがて生み出してゆく。かつて見たこともない、眩しい真昼の遥かなる航路を。

I

ここにたどり着くまで

——

オペークとスパークル

II

船を降りて上陸し
――ナエハとヒナノエ

きらめく

わたしたちは船上生活を続けていました。青に染められた日々の、とある、特別でもない会話の中でした。

「ハワイからタヒチまで。そして、もっと遠くをめざして航海に出ないか。島々をめぐろう。気に入った島を見つけたら、そこに住んだっていい。いくつかの月の満ち欠けが過ぎるまで、陸地の見えない海だけの生活だ。時にはストームにも見舞われることだろう。そんな時は船が波に木の葉のように遊ばれても、嵐が過ぎ去るまでは、たとえ三日三晩かかっても、ダウンビローで待つしかない。乗り越えなくてはならないことはたくさんあるだろう。それでも行きたいんだ。……一緒に来るかい？」

それはレビーがわたしにくれた、未来への招待状でした。これ以上に美しい招待状など、この世界のどこを探しても見つけることができないと思ったわたしは、すぐにこたえました。

「イエス！」

そうです。イエスとこたえる以外のどんなアイディアも、わたしの中のどこからも、まるで出てきはしませんでした。そしてこの招待状こそが、世界一ドラマチックな彼からわたしへのプロポーズとなったのです。

わたしたちが、ケ・アクア（神）とナ・アウマクア（先祖たち）に誓ったのは、それからほんのしばらくしてからのことでした。聖なるククイの森がある、島の東の星の丘にて。

こうして、カウナカカイの港から船出をし、ハワイの海峡からさらに南太平洋を南下するという、数ヶ月におよぶ航海計画をふたりが立てていた、そのころ。太陽の前を通り過ぎる金星のシルエットに、数えきれない視線が向けられていた夜、この島で、わたしはワヒネ（女の人）たちだけの、奥許しの集まりに誘われました。

プコオ——かつて、秘密を守る者としてその名を知らしめ、メレ（歌）

やオリ（詠唱）の中で今も語り継がれている、賢者ラニカウラ（ハワイでもっとも神聖で最強であったと言われる実在したカフナ）。彼が誕生した地。そんなマジカルな地で、予期せぬニュースが舞い込んだのです。わたしの人生の直線上に、流星が一ミリも狂うことなく落っこちてきたかのように。完璧なタイミングで。

「キラキラのラメみたいに青く光ったベイビーがいる……あなたの中に！」

そのベイビーこそ、わたしたちのもとに最初にやってきた女の子、きらかいでした。わたしとレビーの航海の目的地《デスティネーション》は変更されました。思いもかけず神様から贈られた宝物を、しっかりと大地に足を踏みしめて受けとめるために。急遽、船を降り、上陸することにしたのです、この島へ。この聖なる島の地の上で、土の赤につま先を染めながら、あたたかき人々にかこまれて、森と山の深い緑《ビリジアン》に見守られながら、女神ヒナが吹かせる風、椰子の葉をたおやかに揺さぶるその風に頬をなでられながら、海と空の青が窓の向こうに横たわる家に抱かれながら、育むために。わたしたちを選んでやってくる、この小さな「いのち」を。

きらかいがこの星に誕生したのは、世紀があたらしくなってから五番目の年、その三番目の月の十八番目の朝のことでした。それは、冬には白銀に染まる日本の小さな北の町で生まれたわたしの実母と、それから、わたしがこの島で母と慕う、夜のモオモミの海辺で子を産み落とし、波でその子を洗った奇跡のような人のバースデーと同じ、十八日でした。

レビーは言いました。

「僕たちは家族になったんだ」

きらかいは、生まれてくる前、遠い星からわたしに手紙をくれました。

「わたしはうまれてきてもこのちにはぞくさないの」

手紙にはそう書かれていました。ち、地、血、知、智……。身体《からだ》を持ってもフィジカルな存在を超越して生きること。それが彼女のこの生での目的であると。「ち」ではなく「てん」にぞくすると。そのことをもしも自分が忘れてしまった時には、
「どうかおもいださせて」
そんなふうに、手紙には書かれていたのです。

きらかいには、ナエハというミドルネームを授けました。これは「痛み」という意味を持つ島の言葉。痛み……。この痛みとは、わたしたちの胸の奥を、まるで聖なるものにキュンと掴まれたように感じるその痛みのこと。こころが、美しいものや愛おしいものにふれた瞬間の、きっと誰でも知っている、密かで切ないあの痛み。

きらかいを身体に宿していたわたしに、ドウュラ（出産をする女性を医師や助産師以外の立場から精神的に、全面的にサポートする女性）になりたいと名乗り出てくれた

カナカ・マオリ（ハワイアン）の女性エフラニ。洗いざらされ、生地がやわらかくなったフリルつきヴィンテージムームーを一枚、頭からすとんとかぶって庭仕事をしている。飾らない。地面にすぐにも届くほどの裾丈、アイボリー色のフリルのエッジは土の朱に滲んでる。滝落つるカマロの谷に住まう、褐色の肌の、美しいワヒネ・カナカ・マオリ（ハワイアン女性）の見本のような人。

レビーと出会うよりも前のこと。偶然に、あるいは忘れ去った完璧な計画通りに、そのころわたしはエフラニが暮らしていた島の家に住んでいて、彼女への電話を取り次いだことがありました。島に電話をかけてきたのは、海の向こうの遠い町で暮らす、エフラニの末娘でした。

「ママに伝えて欲しいの」

「オーケー。あなたの名前は？」

「ナエハ」

はじめて聞いたその名前の響き。わたしはとたんにその「音」に魅了されました。言霊に。外から帰ってきたエフラニに、電話があったことを伝えたわたしは、すぐに尋ねたのです。すこしだけドキドキしながら。

「彼女の名前はなんて素敵なの？　いったいどんな意味があるの？」

エフラニは、そんなわたしに話して聞かせてくれたのです。ヘーゼル色の瞳を見開き、まるで秘密を明かすように。生粋のハワイアンだったエフラニのママが、聞き慣れない呼び名でエフラニのベイビーに語りかけるのを耳にしたのだと。

「ナエハ、ナエハ……」

それは末娘が生まれたばかりのころでした。そして、エフラニは魅せられたのだと。はじめて聞く名のその音色に。そうです。わたしがそうであったように。

「ナエハ」とは、胸が痛くなるほどにいとおしいものを呼ぶ名であるということを、その時、彼女のママからはじめて伝えられたというのです。そしてエフラニは、末娘にこの名を、正式にミドルネームとして与えることにしました。そして末娘が美しい大人の女性に成長した今でも、彼女を愛する人たちは、彼女をファーストネームではなく、このミドル・ネームで呼んでいるのです。そう、胸が痛くなるような、いとおしさをこめて。

エフラニは、使い込まれてエッジが剥がれた煤色のホーローのコーヒーメーカーに熱い湯を注ぎながら、そんな、遠い記憶の波紋を、わたしの胸に響かせてくれた。まるでマイ・ア（バナナ）の幹を剥がして裂いた紐を使って、ククイ（「光」という意味のハワイ在来植物）の葉を繋ぐ時のように、大切そうに。

今は亡きエフラニのママの姿は、まるでハワイアンヒストリーの教科書に登場するような、色あせたモノクローム写真の中だけに。花々を紡いだレイ（花や葉、貝殻などで作られた装飾品）で着飾り、木の椅子に腰かけ、その瞳の光は時の彼方へと放たれている。たおやかなる矢のように。

さまざまな雨や風に名があり、痛みにさえも名を与えた遠い昔の島人たち。その言葉たちは、なんと深く煌めいているのでしょう。

「いつか、こどもを授かることができるなら、この名前を」

わたしは思いました。そして、そのひらめきが現実となった時、ドウュラとしてわたしのそばにいてくれたのは、エフラニその人でした。

四人の子のママであり、今や三人の子たちのトゥトゥ（おばあちゃん）でもある彼女は、まるで女神を讃えるかのように祝福しました。母となったわたしのことを。

「あなたの末娘の呼び名を、わたしたちのきらかいに授けてもいい？」

そう、わたしが問うと、

「もちろんよ！」

エフラニの笑みはそう応え、こころから喜んでくれました。この惑星に、こんなに美しいミドルネームを持つ女の子が、もうひとり増えたことを。

白と黒の濃淡がかすれた、古ぼけたエフラニのママの写真。島の風景の中から摘みとられた花々は、ひとつのレイとして紡がれ、あらたな命を吹き込まれる。いとちいさき花たちでさえ、もしも夢見る時があったなら、いったいどんな祈りで、ひとりの女《ひと》を包み飾るのでしょう。一枚のモノクローム写真の中のレイ。ほんとうは、いったいどんな色をした花々が、ひとつに紡がれていったのでしょう。いったいどんな色彩の大地の上で、いったいどんな色の海と空をとおく背にして。

ながれる

わたしたちは、この島の南の、パイ（駆り立てる、目覚めさせる）と名づけられた風が吹き抜ける、カミロロアの地に導かれました。そして、自分たちの手でその地に家を建てました。目には見えないナ・アウマクア（神々、先祖たち）の、尊き手と手に助けられながら。

乾いた雑草に覆い尽くされ、ひび割れていたこの土地にこころを寄せ、思いをそそぎ、花や食物の種を蒔いて、一本一本、木の苗を植えました。赤や黄のハイビスカスや、ピンクのジンジャー、赤紫色の桑の実に、柘榴《ざくろ》と無花果《いちじく》の木。その苗たちは、島人たちや林から、細い枝を分けてもらっては根をつけさせ、この手で生かした命でした。島じゅうから、生命の根源である宝――草木の種子や実を集めては、この地へと持ち帰りました。ダークグリーンのラウカヒや、紫色の花を咲かせるポーフエフエ、ふわふわの葉のウハロア、そしてカロに、色とりどりのキー、ククイにハウやウル。それらの多くは、島の在来の種であり、遠い時代から島人の生活の中で、様々に生かされてきたもの。薬効のある実や草花でもありました。こどもたちの足を傷つけるトゲのある雑草のタネは、ひとつぶひとつぶ地面から指で拾い集めては片づけました。それは気の遠くなるような、でも、このうえない贅沢な作業でした。

裸足でこの地を踏みしめていた古代の美しい島人たち。それを野蛮とみなした異国からやってきた人々が、あえてトゲのある草木を持ち込んだのだという。大地と一体となって生きていた島人たちに、固い靴を履かせてしまうために。皮膚の感覚でこの地に触れ、源と繋がることをできなくさせるために。

無数に落ちている、たった二ミリほどの、トゲある幾種ものタネを、果てもなく拾い上げていく。それはまるで、罪滅ぼしのようでもあり、そして、おのれの人生のひと時をそのことに捧げるのは、まぎれもない祝福でもありました。

　来る日も来る日も、水平線が珊瑚色に滲みだすトワイライトの時刻まで、作業は続きました。ブラウンシュガーのように日に焼けた足の甲たちが、いっそう色濃く土色に染まるほどに、神々がわたしたちにめぐりあわせたこの土地は、ゆっくりと、ゆたかにゆたかに満ちてゆきました。

　レビーは捨て去られた太陽光発電のパネルをリサイクルし、自分の力で屋根に設置し、グレイウォーター（生活排水）はすべて、果樹などの植物に流れるよう、仕組みづくりをしました。そうして、のちには、巣箱を建ててはちみつを集め、池を掘り、自分たちが食するものをさらに育てるために、アクアポニクスのグリーンハウス（水産養殖と水耕栽培を融合させた循環型農業システム）も、すべてその手で作りあげました。与えられた役割をまっとうし、処分された鉄くずなど、様々な部品を可能な限り、再び生かしながら。

　こうして、かつてサンダルウッドの森だったという、水平線を望む、小高い丘の上に建てた家。わたしたちがその屋根の下で暮らし始めることができるようになったのは、きらかいがちょうど、二回目のバースデーを迎えるほんの数日前のことでした。

　バースデーの夜、島人のキッチンから譲られた、古めかしいオーブンをはじめて使って、わたしはケーキを焼きました。三人で、手をつないでしずかに祈り、祝いました。ちょっと焦がした不器用なチョコレート・ケーキには、小さなキャンドルを立てて。その時のきらかいは、二歳になった自分をやっとの思いで二本指であらわすのがせいいっぱいの、ほんの小さな赤ん坊でした。建てあげたばかりのわたしたちの家の中。ダイニングテーブルにあてがったのは、ホノルルから貨物船に乗せられやってきた、米軍払い下げのナンバーが振られたオフィスチェアー。三人だけで座って。白浜色に塗りたてたリビングルームの天井は、まるで大切な時を知らせる鐘を吊り下げるための塔のように、高く、気高く感じられ。窓枠に切り取られた四角い夜空にちらかった星たちが、わたしたちの、それはささやかなしあわせを、やさしく照らしてくれました。

時は過ぎ去り、きらかいはその名の通り、この島の光にきらきらと満たされた眩しい少女に成長しました。島のわんぱくなロコ・ボーイたちもお手上げの、おてんばきわまりないモロカイ・ガールに。そして、わたしたちにあの切ない、幸福なる胸の痛みを、思い出させ続けてくれるのです。

この「ち」にはぞくさない。

そう宣言して生まれてきた子。

でも、この子こそが、わたしたちをこの島の「地」へと導き、この大地へとわたしたちを結びつけてくれた。そしてわたしとレビーと、彼女のその「血」で繋がり、オハナ（家族）としてわたしたちをより深く結びつけてくれた。そして、この惑星の先住民族たちがわかちあう、魂の存在としてこの星の上で生きるための「知」、知恵。ナ・アウマクア（神々、先祖たち）からこの島にも伝わる宇宙の「智」、叡智を、わたしたちがもう一度、しっかりと思い出すために、未来を見せるためにやってきた……。そうです。彼女は遠い星からの使者だったのです。

サンダルウッドの丘の家ではじめて誕生日を祝ったあの夜。黒はまるで絹のように。きっと、シャイな流星でさえ口ずさんでいたに違いありません。バースデーソングを、音の無い星の言葉で。

II

船を降りて上陸し

ナエハとヒナノエ

III

この星を愛する

——カラニとホヌア

こぼれる

きらかいが生まれてちょうど三年後。三番目の月の三日目の朝に、二番目の女の子、たまらかいは誕生しました。不思議なことに、ふたりのデューデイト（出産予定日）は三十六ヶ月違いのまったく同じ日でした。わたしの祖国の「ヒナ」祭りの日に、月の女神「ヒナ」（ハワイの神話に登場する女神）の子であると伝えられるこの島で、この子は誕生したのです。霧雨が降る、プアリという道の終わりにある小高い台《うてな》の上で。わたしは、たまらかいに、ヒナノエというミドルネールを授けました。モロカイ・ヌイ・ア・ヒナ（ヒナの子、偉大なるモロカイ）に、やさしいベールをかけるノエ（霧雨）。雨は天からの祝福。

たまらかいは生まれてくるまえに、夢の中のわたしを訪ねてきました。その時のたまらかいは、フィジカルなすがたを持たず、光そのものの存在でした。そして自分が生まれてくる日がいつなのかを告げ、この星へやってくる理由を語りました。

「踊《フラ》るために」

そして、すぐに大いなる光のもとへとふたたび消えてゆきました。

たまらかいが夢でわたしに語ったその数日後のこと。わたしはひどい目眩《めまい》で、ただ部屋で座っていることさえできなくなりました。白く塗られたリビングルームの天井が、メリーゴーラウンドのようにぐるぐると回転し、わたしはバランスを完全に失いました。どこかにつかまっていなければ、地底の王国へとふり落とされてしまうようでした。両目をぎゅうとつむり、その状況が過ぎ去ることを、必死に乞うように待つしかありませんでした。

どれほどの時が過ぎたのでしょう。やっとの思いで、どうにか自分をとりもどすことができたわたしは、根拠などない、でもはっきりとした確信を持ってしっかりと立ちあがり、オネ・アリイ（王族の砂）と名づけられた浜までの海沿いのハイウェイを、ひとりクルマで走りだしたのです。

東へ三マイル。わたしを襲ったあの恐ろしい目眩はもう、完全に消え去っていました。目的地に到着しクルマを降りると、その穏やかな波打ち際に続くサップグリーンの草むらの上を、わたしはただ、歩き始めました。静かな風を感じながら大いなる円を描いて。音もたてずに、まるでおごそかなる儀式のように。一歩一歩。自分の足元だけを見つめながらこの島の地をふみしめて。

つまさきの輪郭をなぞる芝生のライトグリーンは、わたしの歩く速度に合わせて流星の尾のように、あるいはネオンの残像のように、幻の線を描いている。灯した花火を手にして夜の黒の中で走る時に、後方へ飛び散る火花のように。一歩一歩。それは、海辺の風景の一番遠く、波の向こうがわに今日という口が姿を隠す、その手前の時分。すべてを包み込むような、やわらかいレモンイエローの丸い光が、傾きながらもそこにまだ、一緒にいた午後。

「……オカアサンアリガトウ……」

という音（言葉）が、予期せずわたしの口からこぼれるように飛び出しました。それはまるで緊張をやぶる、ため息のように。

「……オカアサンアリガトウ……オカアサンノオカアサンアリガトウ……オカアサンノオカアサンノオカアサンノオカアサンアリガトウ……」

どのくらいその不思議な讃歌をわたしは唱え、歩き続けたのでしょう。光の王国への、目には見えない永遠に続く階段を、一段一段のぼってゆくかのような、少しけだるいような、でも、確かな熱のこもった時間。それは聖なる時間《とき》であり、同時にどこかまるで馬鹿げたジョークのようでもありました。すべては予定なく始まった出来事で、でもすべてが計画通りであることを、もうひとりのわたしは悟っていたのです。

「……オカアサンノオカアサンノ、オカアサンノオカアサン、アリガトウ。……オカアサンノオカアサンノオカアサンノ……」

そしてその時間は、突然静かに完了し、わたしはたくさんの島の精霊たちにとりかこまれたまま、レビーと、そのころもうすぐ三歳になろうとしていた長女きらかいが待つ、サンダルウッドの丘のわたしたちの家へと帰りました。海と空がマジェンダ色のグラデーションに染まる時刻。頬と耳たぶ、そして髪の先までも、火照るようなトワイライトピンクに照らされながら。

翌朝早く、水平線が、プルシャンブルーから、アイヴォリーの混ざったラベンダー色へと目覚めるころ、小さなたまらかいはわたしたちの腕の中に抱かれました。それはやすらかなる誕生でした。

こうして、わたしたちは、四人家族になったのです。家のまわりに植えた木々たちは少しずつ、それでいて、ためらうことなく背を伸ばしはじめ、草花のつぼみたちも膨らみはじめていました。やさしく。やさしく。

ねがう

真っ赤なドレスのカーディナルが、わたしたちのラナイ（バルコニー）にふいに舞い降りた淡い色の朝のこと。小さなきらかいが言いました。まだ夢から覚めない妹を、柔らかいカーテンの向こう側にそっと眠らせたまま。

「まま、ほらみて、あかいとりがきたよ。わたしとりのだすおとがすき」

「鳥の出す音じゃなくて、鳥の鳴き声というのよ」

「なきごえ？　でもたまちゃんのなきごえはすきじゃない。かなしいから」

「その泣き声とは違うの。鳥の鳴き声は、囀《さえず》りというの」

「さいずり？」

「さえずりよ」

「さ　え　ず　り……」

「そうよ、さえずりよ」

日本語を知るひとが、片手でも余るほどのこの島で、母親の母国語を、母が日々語る言葉だけを頼りに覚えて育つわたしの娘たち。言葉の中に、その民族の魂は宿る。かつてのハワイの人々は、先人たちから受け継いだいのちである大切な言葉を、異邦人によって一度は奪われるという、悲劇の歴史をくぐり抜けなければなりませんでした。

民族にとって言葉が失われるということは、魂を無くすことにも等しい。そんな島で生きているからこそ、こどもたちに伝えたい、その深い思い。「わたしの言葉」を、娘たちが理解できるように。わたしの母の言葉を、わたしの父の言葉を。そしてわたしの祖父母たちの。祖父母たちの、その父母たちの言葉を。

この島の最東端、ハワイ文明発祥の聖地ハラヴァ（ハワイアンの最初の先祖が住み着いた地）の谷で、いにしえの大切な教えを今も語り継いでいる偉大なるクム（師）、アナカラ・ピリポ・ソラトリオ。時折、ウクレレをおもむろに抱き、そのストリングスを皺だらけの指でやさしく撫でながら、それはやさしい歌を披露してくれる無邪気な師。気づかぬうちに自分の体に入ってしまっていた、まるで固いポハク（石）のような力《こだわり》を、ふうっと溶かし、指先までじんわりあたためてくれる、そんな歌声……。

彼がわたしたちに語り聞かせてくれたモオレロ（ストーリー）。それは彼がこどものころ、オレロ・ハワイ（ハワイ語）を禁じられた時代も、ハラヴァの谷の人々は彼らの言葉を使うことを決してやめはしなかったということ。舗装された道などなかった、ローシェンナ色（強い黄赤色）のダート・ロードの終わりの終わり、町から二八マイルも離れたこの谷だったからこそ、守ることができたのだと。オレロ・ハワイが、この谷で密やかに使われていることを知られてはならない訪問者がある時には、すぐに察知してみな口を噤《つぐ》んだ。そのようにして守りぬいたいのちの言葉であること……。

わたしの語る日本語が、その言葉に宿る民族の魂が、遠い遠い過ぎ去った時代の日本人たちから、日々、ひとこと、ひとこと、伝えられて紡がれてきたものであること。波打ち際に寄せては返すその波が、遥かなる時から終わることなく続いてきたように。果てもなく、遠く遠く。そうしてこれからも続いてゆくように。決して途切れてしまうことなどないように。

予告もなく、夜深い漆黒の時刻や、朝日の昇る少し前の梔子《くちなし》色の前触れ時分に、わたしのこころのあたたかな真ん中から、こみあげては湧きあふれるプレ（祈り）。それはこの世界のすべてのすべてがいとおしく、そのすべてを抱きしめたい思い。そして、この星の上で繰り広げられる、ありとあらゆるすべてのすべてが、まぎれもないかりそめであることの、切なさとかけがえのなさ。あたりまえの日々に満ち満ちた幸福と、わたしの両腕の内側にちくちくちくと感じる、愛するがゆえの気高き寂しさ。

今朝もまた、わたしたちに会いに来たカーディナル。鮮やかな翼が一段と映える。マットな白花色《しらはないろ》に塗られた木製の手すりを止まり木にして。今日という、またとやってはこない、なんでもないありきたりの日。目を閉じて、そのきらめきをどうにかしてとどめたいと願うプレ……。

尾羽は、小さな赤ドレスのロングトレーン。声高な囀りは突然に飛び立つ。滲んだ青い水平線を目指したその赤は、途中で空色に溶け消えて、見えなくなる。わたしと、幼いこの子らに眩しい光のまたたきだけを残して。

III

この星を愛する

——

カラニとホヌア

つむぐ

サンダルウッドの丘の家を出て南を向くと、いつも海と空の青が見つめています。アアヒ（サンダルウッド）ストリートの丘を水平線に向かって下ってゆくと見えてくる、坂道に沿ってメリア（プルメリア）の花が咲き乱れる小さな家。その家には、ローズグレイのペンキで塗られた木の窓枠がはめられていて、こどもたちが腰掛けておしゃべりするのにちょうどいい、三段ほどの古い枕木のような茶色いステップがエントランスの扉の前に続いています。庭にはマナコ（マンゴー）の古い大木が数本立っていて、通りからは見えないバックヤードでは、この家のママがディナーテーブルに並べるための、数々のグリーンを育てています。わたしがこどもたちとレイを紡ぐ時は、この家まで歩いて丘を下ってゆくのです。わたしたちはこの家を、「メリアの家」と呼んでいます。この家の住人たちは、わたしたちがそう呼んでいることを知りません。

この家のこどもたちは男の子ばかり五人。一番小さな弟、島の子らしい、すべてを見通しているような落ち着いた眼差しを持つケアカだけが、長く伸ばした黒髪をポニーテールに結いあげて、四人の兄さんたちは揃って短髪。小麦色の肌。みんなエキゾティックな風貌をしてる。たとえ島で生まれたこどもでも、男の子たちは女の子たちのように花々を活用することはありません。それよりもルア（ハワイの伝統的な格闘技）やカヌー漕ぎに夢中です。もう少し月日がたつと、鹿狩りに山へ出てゆく青年へと成長します。たくましく気取らない島の青年たちが、時に、その片耳に一輪の白いメリアの花を飾った姿は、まるでゴーガンが絵画の中に描いた人のよう。

中心が黄色に染まった白いメリアの花。この家のまわりに咲いているのは、少し固い花びらのものと、やわらかい手触りの、フリルのようにかすかに波打った花びらのもの。不思議なことに、やわらかい花びらのメリアの花には、香りがほとんどありません。一方、少し固くハリのある花びらを持つ花は、それはかぐわしいフレグランスを強く放っているのです。香りのないメリアの花は、余るほどたくさん枝につき、一方、香り高いメリアはそれほど多くは花を咲かせません。

　おおぜいの島のこどもたちがフラを踊るホオラウレア（パーティー）や、モクレレ（飛行機）の階段を降りて来る旅人たちを迎える前など、数多くのレイを紡がなくてはならない時。そんな時には、それこそ数百ものたくさんの花たちが必要ですから、夢のようなフレグランスのあるレイばかりを紡ぎたくても、香りの高い花だけでは足りなくなります。だから、香りの無いものも一緒に、バランス良く織り交ぜるのです。

　幼いきらかいとたまらかいと一緒に、メリアの花を摘む時には、わたしはできるだけ高い枝へ手を伸ばすようにしています。こどもたちの手が届く低い枝の花々を、小さなふたりに残しておいてあげるために。腕をいっぱいまで上げて、できるだけ空近い枝に届こうと、ぶきっちょうなバレリーナのようなつま先立ちで。そんな時、特別に注意深くならなければなりません。なぜなら自分の額や頬にサップ（樹液）があやまって落ちるかもしれないのですから。メリアのサップには毒があると言われ、酸《アシッド》が強く、触れたところが数日間も、焦げたコーヒー色に染まってしまうから。

花たちを十分に集めることができたなら、一二インチほどもあるレイニードル（レイ専用の針）と、土へと戻るバイオデグレイタブル（生物分解性）の糸を用意します。ばらばらの花たちは、紡がれつながり、ひとつの輪に。そうです。こうして出来上がったレイは大切な人に、両手で包み込むようにかけてあげる……。

偉大なるレイ職人、アンティ・マリー・マクドナルドから、レイ作りのインスピレーションをたくさん与えられたと語る、ホクレア号（古代の航海術で世界を旅するカヌー）の初代女性乗組員のひとり、アンティ・ペニー・マーティン。太陽や月、そして星々の位置だけを頼りに進路を定める、ポリネシア南部からハワイにやってきた人々の航海術で、数千マイルもの波を越えゆく古代ヴァア（カヌー）が復元された。そしてホクレア（喜びの星）と名付けられた。いにしえの島人たちの、人の力を超越した偉業が、ありもしない夢物語だと考えられていた時代のメイデーに、ホクレア号は、遥かなるタヒチを目指して初船出を果たした。メイデーはレイを贈りあう日。島が誇る英雄のひとりである彼女は、アンティ・マリーの言葉をこの島で伝えます。

「もっとも素晴らしいレイ。それはね、上等な花々で紡いだもの以上に、あなたがその両腕でつくるレイ……。誰かを抱きしめる時に、あなたの腕がレイになるのよ」

島人たちはなぜ、レイを贈りあうのでしょう。

それは、湧きあがるアロハ（愛）を伝えるために。アロハ——それはただの愛ではない。それは、来る朝も来る朝も降りそそぐ、日の光のような、わたしたちを包み込み息吹かせる空気のような、分け隔てなく善人にも悪人にも等しくあたえられる。富豪だろうが文無しであろうが、そんなことは問われもしない。アロハとは、ただの愛ではないのです。そうです。それは、ギブ・アンド・ギブ、あたえきりの愛。無条件の愛。

誰かから贈られた、とってもシンプルなメリアのレイの香りを思い切り吸い込んだ時ほど、幸福を感じさせてくれる瞬間がこの世界でほかにあるでしょうか。もしもあるなら……それはきっと、やさしい朝の日の中で、咲いたばかりのバニラ色のステファノティス（舌切草）を見つけた時か、あるいはアイスブルーの風を吸い込んだ時。突然のスコールが通り過ぎた透きとおる海からの風。その胸いっぱいに。たなびく髪を頰に感じながら。

IV

島の風

——ウア・ノア

すます

たまらかいが三歳になり、きらかいは、島の南のカウナカカイ小学校のキンダーガーテン（小学校の一番最初の学年）に通うようになりました。水曜日の放課後、一三マイル東にあるフラ・ハラウ・キロハナまでのハイウェイを、海岸線をなぞるようにクルマでとばします。こどもたちのフラレッスンに間にあうよう。わたしたちはいつも遅刻寸前。視界の隅に流れ去るのは、水をたっぷり含んだライトグリーンが、勢いのあるストロークでカンバスにのせられた時のような線。そして、ダーク・シェイド・ブルーのピックアップトラックを追い越した時、

「あ！」

衝撃を感じて、わたしときらかいとたまらかいの三人は、揃って声をあげました。

「フラットタイヤ（パンク）だわ……」

不安な気持ちを抑えながら、腰の高さまで草の茂る側道に停車。

「電話もないしパパにも連絡できないわ。これじゃ、カ・フラ・ピコの練習に間にあわない……」

カ・フラ・ピコ（フラの中心）。夏のはじめにこの島で開かれる、フラの発祥を祝い伝承する祭りの呼び名。ライライ一族が、島の西に位置するカアナの丘で舞ったのがハワイにおけるフラの起源であり、ライライ一族の一人ラカが、古代ヴァア（カヌー）で島々を渡り後世に伝え残したのが、現代のわたしたちが踊るフラの源であるという。カ・フラ・ピコ――フラを踊る日、フラを思う日。深夜から夜明けにかけて捧げられるフラの神秘。それはフラ・オラパ（フラダンサー）にとって、とても特別な日。

どうすることも出来ず、半ば途方に暮れながら、そんなことをぼんやり考えていると、さきほどのダーク・シェイド・ブルーのピックアップトラックが、こちらへ引き返してくるのが見えたのです。止まったわたしたちのクルマを一度は追い越し、でも、引き返してきたのです。

「ママ！　あれはこのあいだのアンクルのトラックよ！」

きらかいがそう言いました。荷台には三匹の真っ黒い犬。大きいの、ちっぽけなの、そのまんなかくらいの。彼らと一緒に座っていた輝くブラウン色の肌の男女が、ヘーゼル色の瞳で見つめています。

「アンクルって？」

ハワイアンの痩せがたの老人が、背を丸めながら無言で運転席から降りてきます。よれよれのジーンズに、洗いざらされ褪せた青色の格子のシャツはボタンを開け放し。運転中なのに片手にはビール！　それでいて、聖者のようなオーラをまとって。まぶしい、でもとてもやわらかい、ひかり……。

「あぁ、アンクル・ジューンね！」

アンクルにはじめて会ったのは、ほんのふた月前。あの日も水曜日でした。

「あなたの名前は？」

「ジューンだよ」

「ジューン（六月）、ジュライ（七月）のジューン？」

「そうだよ。ニックネームさ」

　と言って笑ったアンクル。

　キロハナで教えるクム（師）、アンティ・エイプリルのフラレッスンはいつも水曜日。そう、あれはレッスンの帰り道。一三マイルのハイウェイを、わたしたちは引き返していました。東から西へと。夕焼けの焦げ色が空に現れる直前の時間。島唯一のバーガーショップから使用済みのベジタブルオイル（てんぷら油）をもらい、リサイクル燃料として走るわたしたちのメルセデスはそれはオンボロで、突然フィルターが詰まって側道に停止……。この老人はダーク・シェイド・ブルーのトラックをわたしたちのメルセデスの隣りに停めて、窓越しに言ったのです。

「大丈夫か《アー・ユー・オーケー》？」

「オーケーよ！　どうやって修理するのか知っているから」

レビーの特訓で覚えた修理法が、わたしのアイディアにあったのです。

「オーライ」

そう言って、老人のクルマは静かにまた走り去っていきました。

ところが、小さい娘たち二人を待たせながらボンネットを開けて挑戦した唯一知る修理法が、問題を解決しないのです！　あたりには誰もいません。信号もない島、こんな時に限ってクルマは一台も走ってきません。広がるのはキアヴェ（マメ科の植物）の木々と草むらばかり。夕日は、そんなわたしたちを待ってはくれずに、海に向かって刻々と、まるで何かを急いでいるかのように滑り落ちてゆきます。わたしは途方に暮れるしかありませんでした。

その時、遥か遠くからダーク・シェイド・ブルーのピックアップトラックが引き返してくるのが見えるではありませんか。さきほどのハワイアンの老人のトラックが、わたしたちのもとに舞い戻ってきたのです。

「ほんとうに大丈夫なのか？《アー・ユー・シュア・オーケー》」
「……いいえ。実は大丈夫ではなくて……」

こうしてふた月前に、わたしときらかいとたまらかいを救ってくれたアンクル・ジューンが、再びわたしたちの前に現れたというわけなのです。こんどは仲間たちを連れて。

パンクしたタイヤは瞬く間に交換されました。かつてクルマの修理工だったというアンクル・ジューンが、その甥っ子だという荷台の男性に指示を出して。もうひとりの荷台の女性は甥っ子の恋人で、三匹のクロたちと見物を決め込んでいます。こんな、あたりまえの島の奇跡。

最初にアンクルに救われた日、けっきょく知恵を働かせても直らなかったクルマを残し、わたしと娘二人はダーク・シェイド・ブルーのトラックに乗せられて、無事にサンダルウッドの丘の上の家まで帰り着くという結末を迎えました。その車中でわたしは、この見知らぬ「六月」という老人を包み込む空気の美しさにこころを奪われていました。

どうしても、このよれよれの聖なる老人の秘密を知りたくて、わたしは思いつく限りのことを質問しはじめました。でも、何を聞きたいのかは自分でも本当はわからなかったのです。たわいもないわたしの質問のたび、しばし汚れなき沈黙を生み、そのあとに彼は、最少の言葉数で答えるのです。そうして、アンクル・ジューンがハラヴァで生まれ育ったことを、わたしは知りました。ハワイ文明発祥の地と言われ、紀元前二千年からの歴史が語り継がれる、ハラヴァ渓谷。

「ハラヴァ……、ハラヴァは、この島は、変わったことでしょうね？」

アンクルは頷きました。いいえ、ここはずっと変わらないと言われている島。でも彼にとってはそうではないのでしょう。

「どんなふうに変わったのですか？」

「……どうって、言葉では言えないさ。でも、変わった」

わたしは彼の言葉を、ひとつも漏らさず覚えておきたいと感じました。いいえ、彼のなんていうこともない言葉がはこぶ、そのマナ（エネルギー）を。


子だくさんの島のファミリーと、ビーチピクニックの計画を立てた日のことでした。かつてわたしとレビーでさんざん苦労してセイルボートに設置した風力発電の調子が思わしくなく、

「一日、船の点検になる」

レビーは、そう言ってひとり港へ去りました。残されたわたしときらかいとたまらかいとは、準備に手間取り、ランチをとうに過ぎたくらいの時刻に約束のビーチへと到着。波に近いほうにテーブルを出したロコのファミリーはウクレレを手に、そろってメレフラ（踊りの伴った曲）を歌ってる。そのメロウなムードを肩越しに感じながら、わたしはパーキングスポットを探しました。

ロコ・イア（魚の養殖場）寄りのビーチのパーキングの赤い土の上には、ベージュ色のニウ（ココナッツ）の実や、先端がイエローに乾いた深緑色の椰子の葉が落ちています。何台かのピックアップトラック。わたしたちのクルマは、木陰具合のベストスポットを見つけ出そうと、昨夜の雨に濡れた、マディな（泥だらけの）パーキングエリアを何周もしていました。困り果てたその様子は、滑稽そのものだったことでしょう。

さざ波を見つめるのに最もいいあたりに停まっていたダーク・シェイド・ブルーのトラック。その近くで、運転手と仲間たちはただゆっくりと、週末の午後の時間をエンジョイしていました。彼らは、自信に満ちたゼスチャーで「こちらへ停めなさい」と伝えてくれたのです。

「ここが一番いい場所なのだから」

ゼスチャーは語っていました。

気がついたのは、また、きらかいでした。

「ママ！　アンクルよ！」

「え？　アンクルって……アンクル・ジューン？　似ているけれど、でも違うわ」

「いいえママ！　アンクルよ！」

もう一度きらかいが言うのです。

「みんな手招きしているし……、じゃあ確かめに行ってみましょう」

クルマを降りて、眠ってしまったたまらかいを抱きかかえて、ダーク・シェイド・ブルーのトラックにわたしは歩み寄りました。確信をもって進むきらかいのあとを追うように。

「ヘイ、ベイビー」

それは、六月の老人《ひと》でした。三度目の奇跡。なぜこのひとはいつもわたしたちを救うのでしょう？　救う役の者と、救われる役の者のキャスティングが、この星の上では決まっているとでもいうのでしょうか？

アンクルと、アンクルと同じジェネレーションの白いショートヘアのハワイアンの老女がふたり。それから、彼女たちの息子くらいの年代の島の男性がふたり。わたしたちに声をかけます。たわいない、こころやさしい言葉のやりとり。アンクル・ジューンは皺の中に微笑みをうずめて、ただ、しずかにわたしを見つめています。

「アンクル、いったいぜんたい、あなたはどうしていつもこうして現れるの？」

「……ベイビー、いつもそばにいるんだよ」

その不思議な言葉の意味さえわからず、小さな娘たちの前で、わたしは泣いた。六月の老人《ひと》に抱きしめられて。

さざ波は遠く、海と空色に染められたグラデーションが、トラックの車体に映り込んでは光る。ダーク・シェイド・ブルーの散り散りの断片はまるで、飛びちる青いシャワーのように。

IV

島の風

ウア・ノア

V

大地とつながる

――アオとポー

はなつ

ビーチパーティの帰り道。その糸をぎゅっと大事につかんで、手放したくはなかった空色の風船が、たまらかいの手のひらから不意に攫《さら》われた日。海からの風に解かれて、空高く。

「べつにいいの。ふうせんがなくなってもさみしくないの」

小さなたまらかいが言いました。からっぽになった小さな手のひらを見せながら。

「……でも、わたしのからだのなかがいたくなっちゃうの」

そう言って、わたしのひざに顔を伏して、堰《せき》を切ったように泣き出した幼い子。青々しい風船は、空の色にみるみるうちに溶け去って、跡形もなく消えました。まるではじめからなんにもなかったように。そのあとには、つきぬけるような青だけが、ただそこに残されました。この世界の天井という面を、隅から隅まで、軽快に塗りつぶすかのように。

ある年の暮れのことでした。数年前から売りに出していたわたしたちのセイルボートに買い手が現れました。船を降りてから七年。かつてわたしとレビーがふたりだけだったころ、わたしたちの生活のすべてがあったこの波の上、この船。こどもたちを授かり、わたしたちがこの島の大地に根をおろした今、港を出て、小さな船旅をする週末は、めっきりやってこなくなりました。

船はカウアイ島の、とある愛しあうふたりのもとへと旅立ちます。今度はこのふたりを見守ってゆくのです。ふたりの時間を見つめてゆくのです。わたしたちの前の持ち主は、アメリカ本土、ウエストコーストのカップルでした。このふたりも船での海の生活を経て、カリフォルニアに上陸して結婚したのだと。この船にまつわるジンクスはハッピーエンド。いいえ、人生のあらたなる章へのハッピースタート！　今度のふたりもいつの日か、ハッピースタートを迎えることになるのかもしれません。そうです。どこかの地へと上陸して。

最後の夜、コックピットでお別れの小さな船上ディナーをすることになりました。家族四人と気がおけないゲスト三人、アヌとチェリーとその恋人を招いて。蜜蝋のキャンドルを持ちこみ、ありったけのごちそうと、オーガニックのレッドワインを運びこんで。きらかいとたまらかいは、小さな自分たちを少し大人びたように感じさせてくれる港のインディゴ色の風景にそれは大はしゃぎ。潮の香り。

　よみがえるのは、船に揺られながら聞いた雑音混じりのラジオ、アイランドステーション。メロウなハワイアンミュージック。エメラルドの波を越え、幾度もセイルしたラナイ島、マネラベイ。

　夜が更けると、コックピットでブランケットに包まって見つめ続けた、ゆったりと終わりなく揺れるアンカーライトの赤い光。そして白妙《しろたえ》のナイトレインボー。それは、先人たちの魂が渡り来るという橋。そして、見た者の夢を叶えるというまぼろしの白い虹。ハラヴァ沖の真夜中の荒波の中、外れてしまった錨《いかり》を懸命に降ろしなおそうとするわたしたちの頭上に現れた奇跡。

舵を取るレビーのとなりで、いつもひとりくちずさんだ歌。少女だったころのわたしが歌った、忘れ去った思い出を片した引き出しからこぼれ落ちたあの歌。

かがやくよぞらの　ほしのひかりよ
まばたくあまたの　とおいせかいよ
ふけゆくあきのよ　すみわたるそら
のぞめばふしぎな　ほしのせかいよ

弾けるような笑い声と、波のやさしいムーブメントに飾られた、楽しげな最後のディナータイム。それは、祈りとともに始まり、静かに幕を閉じました。キャンドルがすっかり溶けて流れ落ち、ロウのかたまりに姿を変えたころに。手をふるゲストたちは港のパーキングからクルマで島の寝息の中に消えてゆきます。

港から見える、カウナカカイの町のボールパーク（野球場）に取り残されたライト。光は点々と、一本に繋がったホリデーの電飾のように、闇をエキゾチックに気取らせています。島の少年たちのナイトゲーム・オーバー、試合終了のシグナルまでは。

船を降りて、わたしは船に語りかけました。愛おしく、その船体に記されたマナ・オ・イオという名を見つめながら。

「ありがとう。さようなら」

その言葉を聞いたきらかいとたまらかいは泣きだしました。

「ばいばい、おふね」

レビーとわたしに刻まれた記憶のマナ（エネルギー）。そのマナが流れ込んだのです。その記憶が現実だった過ぎた日々、そのころにはまだ、生まれてきてはいなかった、この船の思い出を持ってはいないこどもたちのプウヴァイ（心）にも。そのことが、わたしたちをもっとセンチメンタルにさせました。夜の後ろ姿は、船を浮かべた波に映って揺れています。

でも、何かを手放したあとには、からっぽになったその手の中に、予期せぬ、あたらしい素敵な何かが収まることを、幼な子ではないわたしは、もう知っていました。ハッピースタート。マハロ・ヌイ・ロア（感謝を伝える言葉）。さようなら、わたしたちの船マナ・オ・イオ。

サンダルウッドの丘のわたしたちの家へと帰ります。運転席のレビーは黙ったまま。青い瞳はチャコール色のハイウェイをじっと見つめています。車窓から流れ込む夜は、それはとても夜らしい気品に満ちたしなやかさで、山に並んだ家々のオレンジ色の灯りを、そのきらめきでしっとりと包み込んでいます。バックシートをふりかえると、さっきまで声をあげて泣いていたこどもたちがもう、夢の世界へと滑りこんでいました。たった一マイル半の、時の経過のあいだに。

たとえ船を手放してしまっても、レビーはセイラーです。壮大なる海の旅は、いつになっても夢ではありません。心に決めさえすれば、今すぐにでも選択できるリアリティなのです。レビーがかつて、本土での生活のすべて、家や仕事や、むかし恋をした誰かまでをも後にして、この波と一緒に生きることを選んだ時のように。

黄水晶色の光がダイニングテーブルの四角からはみ出して、オヘ(竹)素材の床にこぼれ落ち、部屋中にあたたかくひろがる午前八時。ふたたび船を手に入れる計画を、今朝もレビーは立てています。今度はこどもたちのために、小さくても、より安定感のあるトライマラン(三胴船)がいいだろうかと。イマジネーションを描くこころの中のスケッチブックに、終わりのページはないのだから。

たとえ船を持っていなくても、わたしたちは誰しもがセイラーです。壮大なる冒険は、決して夢ではないのです。わたしたちが心に決めさえすれば。そうです、今すぐにでも、選びとれる現実なのです。

ふと、視線をなげると、窓枠の彼方にはラリマールの色と色とを塗りかさねた輝く波たち。世界中の青を集めたそのグレイトブルーの中に、ぽかんと浮かぶ白いセイルボートが見える。あの船の舵をとる旅人は、どこの海からこの島まで、航海してきたのでしょうか。

風が、幾千もの葉という葉の、一枚一枚を触っては過ぎてゆく、その幸せな音色。サンダルウッドの丘のわたしたちの家。真新しい一日の始まり。おはよう——アロハ・カカヒアカ。じんわりと上昇する朝の体温。満ち満ちるアオ（光）。海からのここちよい風は、そう、まるで見守るように。「生きる」という、果てしない、わたしたちの航海を。

つなぐ

わたしたちの朝を極上にしてくれる、至福の香りを運ぶのは島の風。気まぐれな、それなのに、まるでアイランドプリンセスのような気品に満ちている。オーバーグロウン（茂り過ぎ）のハイビスカスやジンジャーで形取られた、城の入口のようなアーチをくぐり抜けるのも島の風。女神ヒナが、ヴァヴァホヌアと名づけられた彼女の大切なイプ（ひょうたんの一種）の中から吹かせる風（女神ヒナは、イプから風を吹かせて正しくない行いをする人々を戒める）。それはあたかも、生きる道に迷った旅人の、そのこころを占領する悲しみや苦しみを、激しく吹いて一掃するかのように。洗い流し、清めるように。その魂をもう一度、生まれ変わらせてくれるように。ヒナの風、時にはやさしく。

密かなる音たちで飾られた、スペシャルな島の朝。小鳥たちのひそひそ話の声。波がその力を、空中に解き放つ時に響くざわめき。ベッドルームのドアが、窓から忍び込んできた風に引っ張られ、きぃきぃと奏でる歌。

「こどもはかみさまよ」

話しかけると、眠りから覚めたばかりのこどもたちが、とたんに神様のようになります。

「あいしています。だいすきよ」

と、彼女たちに声をかけると、

「あいしています。すきよ」

と、くりかえします。

まだちょっと眠たいふたりの娘たちの手をひいて、一段一段降りる、サンダルウッドの丘の家の青い階段。手すりの上や柵の隙間から、わたしたちの裸足のくるぶしにさわる、紫色のスイートピーの蔓。名も知れぬ、太陽色の花をつけた草の茎と葉。そんな時、彼女たちの髪を触ってゆくのも島の風。

春が生まれたころでした。島に女の子が訪れました。そしてわたしたちのサンダルウッドの丘の家で、ふた月一緒に暮らすことになりました。彼女は海の向こうからひとつの石を持ってきました。この女の子は、彼女の生まれた国（わたしの生まれた国）の神々からの伝言に導かれ、この島へと遥々やってきたのです。彼女の名はウカといいました。

「……この石をあの島へ」

遠い昔、わたしたちの祖国で祈りに使われていたというその石。彼女はやっとの思いで、たったひとり、その石を今も彫っているという人を国中から探しあて、譲り受けてやってきたのです。

もうひとり、ロミという名の女の子も、ちょうど同じ時に島へやってきました。ロミにとっては二度目のこの島への訪問。彼女は、わたしたちの家の近く、海沿いの宿をとりました。そして、ある晩わたしたちは、ロミを我が家のディナーに招待したのです。

波の風景が遠くに横たわるサンダルウッドの丘の家のラナイ（バルコニー）

で、みなそろって、ピクニックテーブルの上の幸せなご馳走をかこみます。夕日が水平線の向こうに落っこちてしまったあとは、島の風は、その見えない姿を潜め、あたりは清まり、混じり気のない泥に沈むように静かになります。すると、まだうら若い夜の香りが、ほのかにたちのぼります。

ふたりの女の子たち、ウカとロミがこの生で出会ったのは、その夜がはじめてでした。スパークリングサイダーで乾杯。散りばめられた星の下。

「石を持ってきたの」

そう言って、海沿いの宿に荷物を置いて、身ひとつでわたしたちの家を訪ねてきたロミも、首からぶらさげた、麻で編まれたストリングスを引っぱって、白いシャツの内側から大切そうにひとつの石を取り出しました。

そうです。ウカとロミ、ふたりの石はまったく同じ石でした。少しの大きさ違いの、国中でたったひとりの人が彫ったもの。ロミも、ウカと同じように、日本の国の神々からの伝言に導かれてこの島にやってきたのです。

わたしたちはみな、テーブルの上のサイダーのグラスの横に並べられた、まるで双子のような石たちに目を見張り、そろって息を飲みました。

「この島とあなたの祖国をつなげてください」

昨日まで見知らぬ者同士だった女の子ふたりが、同時に受け取ったこの伝言の謎を解き明かそうと……。

「つなげてください」

わたしたちは何処へ、つながってゆこうとしているのでしょう。つながる。何処へ？　何と？

きっと、それは大地。人が生きて、大地とつながるということ。それはいのちとつながるということ。足の裏からしっかりと、迷いなどない植物のように根を生やし、「地に足をつける」こと。この星の上を裸足で歩くこと。草を、砂を、苔を、岩を、土を感じる。つながる。

きっと、それは自分。自分とつながるということ。ナアウ（己の腹の内）にその耳を傾けて。わたしたちのからだは、ホヌア（地球）と一心同体なのだから。そしてきっと、すべての「みなもと」とつながること。天とつながること。なにごとにも縛られない、縛るものなどない。こころがひらかれたとき、わたしたちを通して天地がつながるとき、わたしたちの中にやわらかなるものが生まれる。流れる水のようにすべやかに、泉のように尽きることなく、こんこんと湧き出す、きらめく絹の糸の束のように。そうしてそれは、あたたかい涙のように、やさしい。

わたしたちの瞳に映しだされる、真っ黒な夜の海と空の風景が、墨が和紙に染み込む時のようにじんわりと滲んでいきます。今、時空を超えて「すべて」であった記憶を蘇らせてみる。きっと、その記憶につながるということ。きっと、この島のプウヴァイ（心）につなげるということ。祖国の遥かなる先人たちから受け継いだ、忘れかけられたその魂を。

「つなげてください」

いいえ、今さらつながることなどできない。なぜなら「ひとつ」という、神が創った芸術には、いつだって「ひとつ」のみが存在しているのだから。すべてはもう、つながっているから。そう、はじめから。

かつて島を訪れた、ある別の女の子たちは、夢を見たと言いました。夢に見た幻の風景を探しに、この島までやってきたというのです。そしてある人たちの心のスクリーンには、くっきりと、この島の名が浮かんだといいます。この島が地球儀のどこのカーブに位置するのかさえも、まるで知らなかったというのに。そしてまたある旅人たちは、この島を通り過ぎてゆきました。アザーハーフを探し出すその旅路の途中で。

ビターネス（苦み）も含まれているのが幸福の条件。上等なオーガニックカカオのチョコレート同様に。そしてソウルメイトとは、夢見心地にさせてくれる、この世界でたったひとりのかけがえのないスウィートハート。それでいて彼・彼女は、不思議な魔法の鏡でもあるのです。絶対に見たくなかったいちばん醜い自分を映し出す曇りのない鏡。お互いを補い合うように、相反するものを抱いてめぐりあう。

この島には、アオ（ひかり）と、ポー（かげ）が、同時に存在しています。そしてそのすべてのパーツが、ひとつとて欠けることなどできない眩いエレメント。そう、あの風を吹かせる慈愛に満ちた母、女神ヒナが生み落とした。この島はまぎれもなく、ありのままでウイ（美しい）。それは、わたしたちひとりひとり。わたしたちそのもの。

その謎解きには終わりもなく。月の見えない晩なのに、隠れ去ったはずだった女神ヒナの月光の言伝《ことづて》。夜色の中から忽然と音もなく、星たちよりも明るい光を解き放ち、頬をやさしく照らしては、声なき声で「さらば」と告げた。旅人たちの悲しみと苦しみとに。……いいえ、そんなふうに感じたのはきっとイリュージョン。わたしたちの思い過ごしなのかもしれません。闇の中、ひとすじの希望のごとく七色にまたたく、聖なるあの、愛しい女神とその十人ものこどもたちの面影さえも。

そんなわたしたちのミステリアスな夜は、ゆったりと、見えない島の風に、吹かれて消されていきました。それは微かな残り香をおいて。

えがく

ウクレレにのって、メレ（歌）が流れてきます。微かに聞こえる。走るクルマの開け放たれた窓から、わたしの耳を擦《こす》り去ってゆく。視界の際に過ぎて溶ける、ブーゲンビリアの掠《かす》れたパープリッシュな影と一緒に。まるで、幻の中の映写機で映し出された、八ミリフィルム映画のプロローグのように。その映画のタイトルは、『フラ・アウアナ』。

フラ・アウアナ。フラはなぜ、こんなにも満たすことができるのでしょう。空っぽになってしまった、寂しく傷ついたひとのこころまでも。

「わたしの知っていることはみんなあなたたちに教えるわ。わたしには隠すものなど何もないのだから」

アンティ・レイラニ。自分はクムフラ（フラの師匠）ではないと断言する人。幼いころからこの島であたりまえのように、ただ、踊り続けてきた人。クムではないと言いながら、その実、数えきれないほどたくさんのこどもたちと、かつての少女たちを教え導いてきた人。
「フラとは何かと聞かれても、わたしはこたえることはできないでしょう。でもわたしは、フラが何であるのか知っている。たとえ、言葉でこたえられなくても。そうしてわたしは踊ってみせるわ。あなたはきっとわかるはず。それがアロハであることを」
フラには、カヒコ（古典）とアウアナ（モダン）とが存在し、カヒコが古代からの教えや神話などを伝承するため、同時に神々へと捧げる舞であるということが主であるのに対し、アウアナでは、感情を、思いを、伝えることが大切にされてきました。今は亡きクムフラ、アナケ・ハリアット・ネ
（クムフラであり『テイルズ・オブ・モロカイ』という文化的に高い価値のある書籍の著者）からウ
ニキ（卒業）したハウマナ（生徒、弟子）はわずか。ハラヴァ渓谷のアナカラ・ピリポ・ソラトリオと、アンティ・モアナは、そのうちのふたりでした。自らもクムフラとなったアンティ・モアナは、フラ・オラパ（フラダンサー）を志す島じゅうの少女たちの守り神のような存在。

アンティ・レイラニは、アンティ・モアナのオハナ（一族）。アンティ・レイラニの、この世にはもういない父親は、アンティ・モアナの実兄でした。

アンティ・レイラニ。なんでもない。大それた称号も何も持たないこの人の踊り以上に、こんなに深い、深い浸透性をもつフラがあるでしょうか。身体から、すうっと力が抜けていて、どんなタイミングよりもパーフェクトなスローモーション。それでいて決して遅れることはない。踊り手の指先から、手のひらから、胸から、ひろげた両腕から、きめ細やかな魔法の粉がキラキラとふりまかれ、その星屑のような息吹は、ミルキーウェイの流れのように、わたしたちをとりまく時空なき領域へとそそぎこまれる。

そう、そのフラはコンテイジャス。アロハの伝染。いちど感染してしまえば、あなたは頭のてっぺんからつまさきまで「しあわせ」に満たされるのです。あなたの頬は紅潮し、手のひらには不思議な熱が生まれ、体の中心があたたかくなり、ここちよく脱力する……。そして時に、涙さえ溢れてしまう、シンドローム。

ある時、彼女の師、偉大なるクムフラであるアンティ・モアナに問うた旅人がいました。旅人は、クムフラにひと目会うためだけに、遠い旅路を来た者でした。

「フラにとっていちばん大切なことは何ですか?」

旅人は、どんなに重々しい言葉が返ってくるのかと真剣な面持ちで、クムフラのその瞳を、逸らすことなく見つめます。その言葉を受け取るためにこの旅人は、海を越え、島までやってきたのです。

「それは、笑顔よ」

嵐にさえ動じない山のように、ゆったりとそこに腰かけたままのクムフラは、そうこたえました。迷いもなく。旅人はそのこたえに拍子抜けしたよう。アイハア（膝を曲げて腰を落とす体勢）に代表される姿勢の取り方や、カオナ（隠された意味）を含む言語、歴史の学習について、あるいは伝統的な教えに対する忠誠心、継続や献身の精神……、厳格な教訓の言葉が並べられると予想していたのかもしれません。

笑顔。笑顔とはいったい何でしょう……その笑顔とは。そうです、「スマイルの型」に顔をくいとどめることとは違うのです。

彼女の実の叔母であるクムフラ、アンティ・モアナからフラを学んだアンティ・レイラニが、ある時、わたしたちに語ったことがありました。

「踊っている時、わたしはいつも笑顔なの。なぜかって、わたしは自分がしていることを愛しているから。しあわせだから。踊っている時だけじゃない。フラレッスンの終わったあとだって、何をしていたって、わたしはいつでも自分を愛しているから。だからいつも笑顔なの。そう、一日中。笑顔とは、こころの内側から沸きあがってくるもの。それがマイライフ。だから、あなたもあなたの笑顔を見せて」

またある時は、クラ・カイアプニ（ハワイ語の言語環境で全教科を学ぶ学校）のこどもたちにかこまれて、やさしくしずかに語りました。

「わたしは七五パーセントのハワイアンの血筋を持ち、この島のごく普通の家庭で、たくさんの兄弟とともに育ったの。本当にしあわせでした。父さんからも母さんからも、ありったけの愛をもらって育てられたわ。そして、わたしは今もしあわせです。だからこの幸福を伝えたいの。こども三人を生み育て、こどもたちにこの幸福を伝えたわ。そして、さらに三人のこどもをハナイ（養子）として迎え、幸福を伝えながら育てあげました。わたしは、ほんとうにしあわせです」

言語を含めたハワイ伝統文化を禁止された時代の真っ只中で生きた、アンティ・レイラニの父母の世代。でも、次世代に伝えたのはその悲劇や憤りではなく、それでも壊されず、消し去られず、決して奪い取らせなかった「しあわせを感じる。しあわせを感じさせる。感じあう」という、古代よりの大切な叡智であり、力。だからこそ彼女は、人生を自分自身の思いによって笑顔で満杯にしてる。とびきりの笑顔で。そんな彼女の笑顔にはきっと、先人たちの祈りが込められている。

その彼女の笑顔が、フラを舞う時よりも、よりいっそう輝く時がある。彼女にとって、いちばん幸福であるはずのフラを踊っている時よりもずっと。そう、それよりも千倍もまぶしい、まるで光そのものになった笑顔を彼女が見せるのは、彼女の不器用な教え子たちが、懸命に踊っている姿を見つめる時。いとおしむように、その瞳で、抱きとめるように見守る時。

「想像して。両手のひらで、かぐわしいプア（花）にふれた時のことを。その香りを胸いっぱいに吸いこんでいることを想像するの。その香りが、あたかも現実であるかのように。白い花のレイを、自分のその首に実際にかける時の、そのやさしい、しあわせに満ちた感覚をこころにありありと思い描いて。その香りを感じて。そしてフラを見ているひとたちに、その香りをわけて、かがせてあげるつもりになる。太陽の色をしたプア・ケニケニの花の香り。自分がそのものになって、そう、思い描いて感じてみる。あぁ、なんていい香り。この感覚をどう伝えればいいのかわからないけれど……。フィーリングは内側から沸き上がってくるもの。もうそこまで来ているわ。そう。そんなふうにフラを踊った時に、それを見る人は、驚きとともにこんなふうに言うことでしょう。プア・ケニケニの香りが本当に漂ってきたわ！　あなたの踊るフラを見ている時に！」

彼女の全身に染みこんだ、フラ・アウアナの深さを、どうにかして、わたしたちに伝えようとしてくれるひと。

こころに描く。それがスターティングポイント。そこからすべてが生まれる。しあわせが生まれる。彼女が見つめるあの島。島のメレ。一輪の香《かぐわ》しきアイヴォリー色のプア。こどもたちが砂浜を走る、あの輝くレモン色の午後の時間。その人の髪を、しなやかになびかせる、おだやかな風。プウ（丘）にかかる虹の七色は透き通っている。わたしたちが、その風景そのものになれるミラクル。

未来は記憶の中に。今、わたしたちが生きる現実は、わたしたちの記憶が作り出している。わたしたちが描く思い、しあわせは、そのマナによって誕生している、そう、すべてのすべてが。

彼女のフラレッスンのある朝。伝説のラヴァイア（漁師）と同じ「パウオレ」と名付けられたカウナカカイの町のホールで、この人の一歩一歩にこころあわせるよう、踊る。こどもたちもいっしょに。

かろやかなシルバーグリーンの島の風。小さき精霊が宿る、色とりどりに乾いて地に落ちた木の葉たちを、空中に跳ねるように舞いあがらせる。わたしたちの、天色に染められたパウ（スカート）の裾を、気まぐれに波打たせる。ここちよいメロディは、踊り手の素肌を、まつげを、ゆったりとゆったりと、やさしくなでながら、いっしょに流れてゆく。マウカ（山側）へ、マカイ（海側）へ。島の輪郭の彼方まで、「しあわせ」をともに届けて。波の向こうの遠い島まで。

幻シアターの上映映画『フラ・アウアナ』は、エピローグを迎えます。ちょっとだけ、トラブルが発生した、水色のコットン・ドレープで飾られた映写室。サウンドトラックには雑音が混ざり、映像が不意に乱れました。だからといってそのことで、ストーリーが途切れることなどありえません。

フェイドアウトで消えてゆく、囁きのようなウクレレ、完璧な音色。「ジ・エンド」の文字などいらないラストシーン。

フラレッスンからの帰り道のハイウェイで、クルマの窓を横切った、あのパープリッシュなブーゲンビリアが、金の日差しと混ざって滲む。水分を多く含んだウォーターカラーのように。その色たちはスクリーンをもはやはみ出し、この世界の隅々まで染めてゆく。うすむらさきいろと金色の、常夏に舞う、しあわせ満ちる吹雪のように。

V

大地とつながる

——

アオとポー

VI

この日々の行く末に

——アウト・オブ・ザ・ブルー

めぐる

裂く。摘んだばかりのキー（ティーリーフ）、そのみずみずしい葉は、編むことや束ねることもできる、まるでしなやかな人の髪のように。そうしてこの手で、レイとして生まれ変わらせるのです。清らかな孔雀色にひかるその葉たちを。そうして、しっぽりと白い霧に包まれた、緑の森の中を歩きゆきます。そのレイを身にまとい。かさなりあうビリジャンとビリジャンヒューの木漏れ日。オヘハノイフ（ノーズフルート）を静かに奏でながら。

島の人々はわたしに伝えてくれました。オヘ（竹）で作られたこの伝統的な笛に、鼻から息を吹きこむことを。口は嘘をつける。でも鼻は嘘をつくことがない。だから鼻からの息こそ、より神聖であるとする、島人たちの祈りがそこにも息づいているのです。

アイナ（地）は、語りかける人にこたえます。オリ（詠唱）にこたえます。

神々の住まう、島の隠れ家を訪れる時、その扉を開いて、小さきわたしたち「人」という存在を、その深い懐へといざなうのです。わたしたちのほうから、呼びかけることができる。島のひかり、メネフネ（ハワイ諸島に住んでいた小人族）たちとハーモニーを生み出す聖なる言語が在るのです。土地を守るナ・アウマクア（神々、先祖たち）の魂は、そのオリにこたえ、両腕を大きく広げて、わたしたちを招き入れてくれるのです。抱擁するかのように。


さくさく、かさかさ。じんわり湿った地を覆い隠す、枯れて乾いた落ち葉の道を、裸足で一歩一歩。踏みしめる自分の足音が耳に届く。

さくさくかさかさ、さくさくかさかさ……。

黒く長い尾を持つリトルバード。それがわたしのサイン。

「それがおまえのホーアイロナ（サイン）だよ。くれぐれも気をつけておきなさい」

秘密をこっそり耳打ちするようにウインクした島の人、ママ・スヌーキー。わたしがこの島で母と慕う、わたしの実母と同じ、十一月十八日に生まれた、海の底ような深緑色の瞳を持つ人。オレロ・ハワイ（ハワイ語）を禁じられた時代に生まれたがゆえ、島に育ちながらもたったひとつのオリを学ぶ機会さえ、与えられることがなかった。そんな彼女が唱えるオリは、

「アロハ・オエ、アロハ・オエ……アロハ・オエ、アロハ・オエ、アロハ・オエ……アロハ・オエ……」

ただ、そのひと言をくりかえすだけ。くりかえし、くりかえし。でも、そのたったひと言、その中に、この宇宙のすべてのすべてが語られているのです。オリは祈り。彼女が唱える「言葉の音、言霊」がこの星をめぐる。まるで旅するかのように。地上に生きとし生けるものたちに「真実」を告げながら。

ハラヴァ渓谷のクム・カマニから知らせが届きました。

「一週間前、アンクル・ジューンが死んだ」

ハラヴァで生まれ育った六月の老人《ひと》、アンクル・ジューンはわたしのオリの師であるクム・カマニの実の叔父さんだったのだと。ハラヴァの伝統的な教えを語り継いでいるアナカラ・ピリポ・ソラトリオとアンクル・ジューンは従兄弟同士だったのだというのです。わたしは、クム・カマニに会いにゆきました。そうです。緑深き滝の森、聖なる渓谷、ハラヴァへ。

「アンクル・ジューンが……」

「そうだよ。一族の者がアンクルのカラマウラの家に訪ねていった時さ。アンクルは庭先のピクニック・テーブルにいつものように腰掛けていて、そのまま逝ってしまっていた。いつもと同じ、何も変わらないそのまんまのすがたで……」

その時、わたしの中からはなんにも言葉が出てきませんでした。

「ハラヴァの教会でフューネラル(葬式)が出る」

VI

この日々の行く末に

——

アウト・オブ・ザ・ブルー

「わたしも参列できますか？」

それだけを急いで聞くと、

「もちろん誰だって来てかまわない。日取りがわかれば知らせる」

なぜなのか、悲しみさえも感じることができませんでした。ただ、後悔に似たような寂しさがわたしの奥から静かに湧きあがりました。その時わたしが、クム・カマニの前で、なんだか急いでいるような素振りをし始めたのは、静かに波立つエモーションを隠そうとしていたからかもしれません。いつもそばにいるって、わたしに言ったあの六月の老人《ひと》……。

不自然にふるまうわたしをよそに、ハラヴァの緑は何千年分も鬱蒼と茂り、モオウラの滝から続くロイ（タロ芋の水田）に流れ込む川のせせらぎは、さらさら、ぱらぱらと、そんなわたしの耳の奥に、ただとてもやさしく、絶えることなく流れこんでくるのでした。

さらさら、ぱらぱら、さらさら、ぱらぱら……と。

その水面《みなも》を、硝子のようにきらきらと輝かせながら。

「アフイホウ（別れ際に残す言葉）」
と渓谷に告げると、サンダルウッドの丘の家へと向かって、わたしはその地を後にしました。島の最東端であるハラヴァからは一時間半のドライブ。ホノウリヴァイを過ぎ、マウイ島まで到達しようと岸を去りゆく真っ青な波たちをクミミから見つめながら、海沿いの道を走り、マプレフ、そしてカマロを越え、ラナイ島の藍色に燻んだシルエットが見えてくると、そう、まもなく我が家。

アンクル・ジューンが、幾度もわたしとこどもたちを助けてくれたことを知っているレビーに、すべてを伝えると、言いました。

「きみにとって大切なことだろう。フューネラルには行ったほうがいい」

でも、クム・カマニからのフューネラルの知らせは、わたしのもとへは届きませんでした。知らせが届かなかった理由は、きっとちょっとした手違い。そう、他愛もないことだったに違いありません。とても重要なことのはずなのに……。わたしは思いました。

VI

この日々の行く末に

——

アウト・オブ・ザ・ブルー

「それでもいいんだわ」

でも、マラカイト色をしたハラヴァの森の中でククイの実を拾い集め、火を焚いて、二日もかけて丹誠込めて作ったイナモナ（伝統的な焼きククイナッツ）を、どうしてアンクル・ジューンのところまで、すぐにわたしは持っていかなかったのでしょう。アンクル・ジューンに小銭を借りたという旅人が、彼にお礼を伝えたいから連絡をとりたいと言った時に、どうしてどうにかして彼の電話番号を見つけだそうと、わたしはしなかったのでしょうか。

「いつもそばにいるんだよ……」

そう言って、わたしを小さなこどものように抱きしめた老人《ひと》。「いつもいる」、その言葉を、信じてしまった。今日でなくとも、今週でなくとも、今月じゃなくても、「そこにいる」と思ってしまった。だって、そう言ったじゃない、アンクル……。だって、たしかにそう言ったじゃない！

それからいくつかの満月が過ぎ去った後の、ある日の窓辺で。こどもたちがレビーと一緒にビーチへ出かけてまだ戻っていない時分。天空の水色をサーモンピンクが、淡い藤色とともに征服し始める時間帯にさしかかったころ。ふと、

「一週間前にアンクルが死んだ」

と、伝えたクム・カマニからの知らせを見返して、わたしはカレンダーをめくり日付を見ました。するとそれは、七月五日。そこから七日間遡ると……六月二十八日。

アンクル・ジューン。六月の老人《ひと》は、六月の終わりに逝ってしまった。ジューン。その、何の変哲もないというふうな、さりげないニックネームの中に、そんな兆しを刻ませていたことを、どうしてわたしが賢者のように、解き明かすことができたというのでしょう。

……ありがとう。アンクル・ジューン。あなたがただ、この島に、ただ、いてくれたということそのことだけが、まぎれもない「真実」でした。

窓の向こうのライトローズピンクの波たちは、燻しの黄金へと変容し、

空と海はもう、ゆっくりと深く、夜色へ巡ろうとしはじめている。

「ベイビー。真実っていうのは愛、なのさ」

ビール片手のアンクル・ジューンのからかうような声が、どこからともなく聞こえたかのような……。

目前の海と空の色と色たちは、気がつけばもう生まれ変わっていました。

それはまるで、途切れることなき輪廻のように。

うたう

ある朝のこと。小さなたまらかいが、わたしたちのベッドルームに飛び込んできて、にっこりと笑って、誇らしげに言いました。まるで演説のように。それは、彼女の通うプリスクールに、七日に一度訪れるクプナ（年長者を敬う呼び名）、島でもっとも年長のクムフラ（フラの師匠）でもあるトゥトゥ（おばあちゃん）、カウイラから教わった言葉でした。

「アロハ・ヴァウ・イア・オエ、アロハ・ヴァウ・イア・オエ！」
あなたを愛しています、あなたを愛しています！

いつだってトゥトゥ・カウイラはウクレレを片手に、こどもたちに会うために正装をしてあらわれます。緑の蔓が巻きついた、スクールの門を颯爽とくぐりぬけて。襟首に白いフリルがあしらわれた手製のエレガントなムームードレスで。焦げ茶地にアイボリー色に浮き上がる極楽鳥花のシルエット柄。年代物のムームーは、まるで先週仕立て上げられたばかりであるかのように、手入れが行き届いていることが見て取れるのです。

ウクレレのメロディにメレ（歌）をのせ、トゥトゥは島の言葉をこどもたちに伝えます。ちょっとしゃがれたような舌足らずな歌声は、生き生きと弾けるよう。まるで大木の年輪のように、その甲にたくさんの筋が通った両手でこどもたちを、ひとりひとり抱きしめる。百回目のバースデーを迎える日も遠くはない、誰かを抱きしめ続けながら生きてきたトゥトゥ。抱きしめた時の姿勢のままに、その小さな背中がゆるやかなラインに丸まったひと。

「アロハ・ヴァウ・イア・オエ」

あなたを愛しています。

そんなトゥトゥに似合うのは、とびきり小粋なラウハラ・ハット（アダンの葉で編んだ帽子）に王族の宝、カヘレラニ・シェル（ハワイの島々で採れる小さな貝の中で、最も美しく貴重なもの）の首飾り。トゥトゥの堂々とした、その口調を真似る小さなの瞳の色は、遠い水平線のリフレクション。そう、クルクルと輝いて。くりかえされる言葉は、まるで陽気で幸せな音楽のよう。

島の午後、プリスクールとエレメンタリーを、それぞれ終えたふたりのこどもたちを迎えに。壁にかけた古時計が三時を回ると、小屋のゲートを開けて、ニワトリたちをサンダルウッドの丘の家の庭へと自由に放ちます。栗毛色の七羽のメンドリたちは、オーガニックファームで働いているアンクル・オマーのクアラプウの庭から譲り受けました。それから、カウナカカイの町で、オンドリの引き取り手を探していたデルという男を訪ねていって、その一羽を買い取りました。このオンドリは、虹色に輝くそれは黒く美しい翼と、大物を海から引き上げる時のよくしなった釣竿のように見事な曲線を描いた長い尾を持ったとびきりの美形でした。その姿に見惚れたこどもたちは、迷うことなく、彼をハンサムと呼ぶようになりました。

「素敵な空色のタマゴを産むわよ」

目配せするアンティ・ネンの島の西にある苗木畑からも、メンドリたちがやってきました。一羽はコーヒーを焦がしたような茶、もう一羽は白地に黒の柄模様。そのコントラストを見たこどもたちが、さっそくブラウニーとマシュマロという、甘ったるい名前をつけました。ニワトリたちは、みんな揃ってオーガニックの餌で育てあげ、毎朝新鮮なタマゴをわけてもらいます。でもなぜか、ブラウニーとマシュマロが産み落とすのは、砂色をしたタマゴばかり。だからわたしたちは今も夢に見ています。

「空色タマゴだなんて。さぞかし素敵なことでしょう」

タマゴを巣箱から収穫して、リサイクルのペーパーカートンに入れるのがきらかいとたまらかいの仕事。そうして三個一ドルで島の人々にお裾分けをしています。

いくつか前の満月の時分には、馬を飼うパニオロ（ハワイアンカウボーイ）の家族が多く住む、モオモミ・アヴェニューのアンティ・ヴァイオラの農園から、小さな四羽のアヒルのヒナたちがやってきました。そして、ユーカリ香る島の北に位置するカラエに住まう、信心深いアンクル・ヘンリーのところから迎えた一匹の白ヤギ。常夏の島で生まれたきらかいとたまらかい。ふたりがこの白ヤギにつけた名前はユキ（雪）でした。島では決して、叶うことなき、少女たちの銀世界への憧憬を託すよう。ユキは、今にも生まれてこようとする、真新しい小さないのちを待つばかりです。そうです。南国のユキは、まもなく母ヤギになるのです。

大都会《まち》で暮らしていたころ、小さな四角いわたしの部屋には、いつもプレイヤーの音楽が必要でした。スピーカーから音楽が鳴り止むことが決してないように、とても注意深く生きていました。でも今、この島で、気がつくとその習慣はなくなっていました。朝目覚めると、窓の外からまるで生きた歌のように聞こえてくる、生き物たちの気配、小鳥たちのさえずり、一日の始まりを知らせる声高のオンドリ、遥かより旅する風の口笛、遠いさざ波が青々しく飛び跳ねる水しぶき、ちょっと眠いまぶたをこする子どもたちの笑い声。そして抑揚のついた、あの演説……。

「アロハ・ヴァウ・イア・オエ、アロハ・ヴァウ・イア・オエ！」

あなたを愛しています、あなたを愛しています！

わたしたちの住まう、緑の星の息づかい。そのリズムとミュージックの中に溶け込んで、わたしたちは今、生きている。わたしたちひとりひとりが、みんな一緒に風景になる。そして、風景から聴こえてくるもの、それは、音楽になる。風景と音楽は、ひとつに溶けあう。数え切れない光が混ざりあい、ふわふわであたたかい、やさしい羽毛の色になる。そう、それは、祝福に満ち満たされた、ひだまりの色。満杯に。

さぁ、今日はトゥトゥに会える日。七日目が始まります。

かがやく

「ヒツジの親子を迎えにおいで」

訪ねるのはホオレフア。満七十五歳を祝ったばかりの伝説のパニオロ（ハワイアンカウボーイ）、粋なカウボーイハットが似合うアンクル・バズィとそのワイフ、アンティ・マーリーンの家族四世代が暮らしをいとなむ牧場へ。

向かう途中でラニケハを通過。そこで開かれたアンクル・バズィのための盛大なバースデーパーティーの夜の、あの光景が蘇る――島中のオハナ（家族、一族）が集まって、手作りで仕上げた飾りつけ。色とりどりの電飾をあちこちにぶら下げてちょっとムーディーに。海からの収穫、アヒ（マグロ）やアクレ（アジ）にオピヒ（ハワイ固有種の貝）、それから山で仕留めた豚や鹿。

お祝いに集まった人々が思い思いにビュッフェスタイルのハワイアンフードを皿に盛り付け終わるころ、ロコ（その土地で生まれ育った人）のバンドのスロウなナンバーが会場に響く。すると、アンクル・バズィとアンティ・マーリーン夫妻は、にぎやかな食事の席からおもむろに立ち上がり、チークダンスを始めたのです。踊りながら、ふたりがそれは幸せそうに楽しくおしゃべりしていることが、遠いテーブルのわたしたちの目からもその唇の動きでわかる。なんの気負いもなく、ピッタリとからだを寄り添い、手と手を取り合って、目と目をじっと見つめ合いながら……。歌は島の古いパニオロたちが大好きな、カントリーミュージックのあの名曲「ルック・アット・アス」。

長い間連れ添ってきた。
どんなことだって乗り越えてきた。
本物の愛を見たいなら、俺たちを見るがいい。

気恥ずかしくなるほどキザな、往年のヒットナンバーにあわせて、当然のように踊るふたり。でも、見れば見るほどその姿は、恥ずかしいどころか、おそらく人という存在が、この星で生き尽くせる限りの「本物の愛」というものが、ありありと表現されているとしか思えないのです。まるで、天地創造の瞬間みたいに。てんで信じられないジョークみたいに。それはそれは、感動的に……。

そんな物想いに耽っていると、ほどなく牧場に到着。わたしたちのオンボロなメルセデスのステーションワゴンへヒツジの親子を乗せたなら、ぼんやりしてはいられない。それは慎重に運転しなければなりません。彼女たちを決して怖がらせることのないように。なぜって、とうの昔にショックアブソーバーの壊れた、それはオールドスクールな一台だから。島のバーガーショップがご馳走を揚げたあとの廃油を燃料として走らせている。だからそのぶんエンジンに負担がかかり、時々調子も外れる。

「おまえたちのマフラーから漂うフレンチフライの匂いが、いつもおれたちを腹ぺこにさせるよ」

わたしたちが走ったそのあとは、島中の人たちのからかう声が聞こえてきます。

それは、やさしい雲のアッシュ色の層に、空がすっぽりと隠された午後でした。無事に二匹のトランスポーテーションを終えたなら、ヒツジの親子は、もうすぐ子ヤギを生む、白ヤギのユキといっしょの柵に放たれます。わたしたちのオハナの一員になるのです。

予感的中、降り出したホオレフアの霧雨の中、大地にそって完璧な半円を描くように広がったアヌエヌエ（虹）。その七色のトンネルをくぐりぬけ、カメハメハ・ハイウェイへ。カラマウラとカウナカカイ、カパアケアを通りすぎ、終着点のカミロロアまで。

こうして、サンダルウッドの丘のわたしたちの家に、ママといっしょにやってきた、生まれてたった十四日目のヒツジの子。その子ヒツジは翼こそないけれど、真に天使のようでした。まぎれもなく。吹き抜けることなくとどまった、安心な寝ぐらみたいにやさしい風に、やわらかくそうっと包まれた……。

「スペコウ（斑点）！」

きらかいは彼女をひと目見た瞬間から、そう呼び始めました。オブシディアン（黒曜石）の宝の玉のようにつぶらな瞳。まるで世界一大切なものを扱うかのように、きらかいは自分の両手で小さな子ヒツジを抱きあげました。カールしたふわふわの白い毛が、短くまるい爪の並んだ少女の指と指のあいだからこぼれていいます。きらかいのほっぺたは、嬉しさにまっかっかに染まってる。横には喜びのあまり奇声をあげる小さなたまらかい。

そしてヒツジのママには、ホクという名をつけました。オレロ・ハワイ（ハワイ語）で「星」という意味を持つホク。そしてホクは日本語では「北」。白ヤギのユキ「雪」といっしょに暮らすにはパーフェクトな名前だと、満場一致で決まりました。

ところがです。その晩、十二月の雨はサンダルウッドの丘に、しとしとと降り続けました。そうしてその翌朝のこと、小さなスペコウのからだは固く冷たくなっていたのです。もう、息は途絶えていいました。

受け止めきれない悲しみに、胸が押しつぶされるようでした。わたしは雨に濡れた草上におのれのからだを突っ伏して、こどものように大声で泣きました。あんなにもかわいらしく、はじめて出会ったその瞬間から、大切でかけがえないと感じさせてくれたもの、わたしたちの目の前で夢のように光っていた白いつまさきが、もう二度とは動かない……。

きらかいとたまらかいも、悲しみの谷に落とされた迷子のように、ただただとめどもなく泣きじゃくりました。レビーは何も言わずに、わたしたちが種から植えて実をつけるまで育ててあげた、アボカドの木のもとに穴を掘り、冷たい彼女のその小さなからだに、ゆっくりと土をかけました。子ヒツジのスペコウは、わたしたちのプウヴァイ（心）の真ん中に、すっぽりとおさまって、それなのに、たった一晩で姿を消した。世紀が新しくなってから十二回目のウインターホリデーの直前に。まるでそれは、儚い流れ星のように。

気を確かに、電話をしなくては。いのちを落とした子ヒツジを、わたしたちに贈ってくれたアンクル・バズィのワイフ、アンティ・マーリーンに、このことを知らせなくては。動揺を隠せないわたしの気配が、彼女にも届いていたのでしょう。電話の向こうの声はそれはゆったりと、でも、しっかりとした口調で、こう、わたしに言い聞かせました。

「生き物が死ぬことはあるの。死んでしまう理由はたくさんある。それが自然というもの。でも、大丈夫《イッツ・オーケー》なのよ」

　アンティ・マーリーンの母親は純血のハワイアンで、この島で六人のこどもを産み育てたという。五人姉妹に弟がたったひとり。マーリーンは上から二番目の姉さんでした。母親はいつでも、道端からでもどこからでも、助けが必要な人を見つけては連れ帰り、何年でも家に住まわせるようなひとだったのだと。決して裕福な家庭であったわけもなく、だから、姉妹たち皆、幼いころからいつでも、困った人や、身体の具合の思わしくない人や、年老いた人たちを世話することをしながら育ったのだと。そうすることがごく当たり前の日常で、そしてその人たちをみんなこころから愛していたと、アンティ・マーリーンはわたしに語ったことがありました。五人の姉妹と一人の息子の母親は、助けを必要としていたそのひとたちが、行きたいところや、自分の肉親を見つけた時には、自分の懐を痛めてまでモクレレ（飛行機）のチケットを手に入れて、島の小さな空港から、新しき日々へと送り出してさえやったのだと。つらがるひとりの老人の背中を、まだ小さな少女だったアンティ・マーリーンが、いっしょうけんめいさすったこと。そして、その姿を見守る母親が、いつもうしろから褒めてくれた言葉。

「それでいいんだよ。いい子《グッド・ガール》だ、いい子《グッド・ガール》だ」

少女だったマーリーンが、その老人が息を引き取るまで世話をしたこと。涙が止まらなかった彼の最期……。アンティ・マーリーンのそんな遠い思い出話。目からぽろぽろと落ちてくるダイヤモンドを、自分の笑顔の力で懸命にせき止めようとしながら、わたしに話し聞かせたくれたアンティ・マーリーン。そのアンティが今、わたしに言うのです。

「大丈夫《イッツ・オーケー》なのよ」

そう、その言葉は別の誰かからも聞いたことがある……。同じマナ（エネルギー）を宿したその言葉の響き。記憶を遡ってみる。たしかあれは月が欠け始める頃……。

きらかいが海辺から連れ帰り、かわいがっていた小さな迷い猫のキアヴェ。海辺の、鋭く美しい棘のあるキアヴェの林から現れた子。でもそのキアヴェが、やっぱりきらかいが大好きで、赤ん坊のころからいっしょだった、猟犬の血をひく愛犬トモに、思いもかけず命を奪われてしまった時。ひとりぼっちの悲劇の目撃者となった幼いきらかいのこころが、どれほど深く傷ついてしまったかと、凍るほどに震えあがるわたしに、そうです、島でフラを教えるアンティ・レイラニが、やっぱりこう、言ったのです。

「大丈夫《イッツ・オーケー》よ」

フラレッスンを終え、用事があると言って足早に去ろうとしていたその歩みをとめて。

「こどもは大丈夫」

アンティ・レイラニは続けました。

「それより心配なのはあなたのほう。こどもたちは強い。大人のあなたのほうが心配よ。さぁ、ちょっとここに座りなさい」

からだの震えを止めることができずに、それでもわたしはこたえました。

「でも、アンティは用事があったはずでしょう？」

「そんなことはもういいのよ」

それは、ほんとうに、かるく、やさしい口調で。そうして、そこへゆっくりと腰をかけ、わたしをそばへ座らせて、たくさんのことを話し聞かせてくれました。

気がつくと時計の針は、一回りもしています。その言葉たちは、理屈などなくただ、わたしを大丈夫《オーケー》にさせました。そしてきらかいはといえば、泣いて泣いていたはずなのに、気がつくと、もうとっくにおもてへと飛び出して、同じように大声で泣いていたはずのたまらかいといっしょに、はしゃぎかけまわっていました。島の午後の太陽の、輝き透きとおったゴールドの光をシャワーのように浴びながら。遠く、そして青い青い草のサーフの上を無邪気な子犬たちのようにふたり。

ノー・レイン・ノー・レインボー。
雨が降らなきゃ虹も出ない。

ふと、わたしの頭に浮かびあがった島のことわざ。そんなことわざを刺繍した、のんきなベースボールハットが、南国の土産物を集めた店の陳列台に、あっけらかんと並べられているのを見かけたのは、いつのことだったかしら……。フェイドアウトするアンティ・マーリーンの落ち着き払った声。受話器の向こうがわへやさしく。

見上げると、目が覚めるようなコバルトブルーの空からは天気雨。今日もまた、アヌエヌエの七色の光が、完璧な半円を描いて天と地とを結いました。言い知れぬ、島の頭上で。

ただよう

島の午後、空っぽの部屋。サンダルウッドの丘の家で、数日をわたしたちと一緒に過ごした旅人が去ったあとのその部屋に、わたしはひとり腰かけてみる。

どれほどの時が経ったのでしょう……。気がつくと居眠りをしていたようです。ふと目覚めると、感じる、窓からわたしを覗きこむ眼差しのような白い光。部屋の外、揺れるハイビスカスのかたちをした影絵。ベッドサイドのランプシェイドには、旅人が残していった、ふちどりがブラウンに乾き始めた白いメリア（プリメリア）のレイがかけられている。その花の香りはもう、空《くう》に溶け消えている。眠りの世界から、この「島の日常」という次元に舞い戻る直前の、ヴォイドな時空の隙間。ふたりの自分の娘たちが、笑い声をあげながら階段を駆け下りる音が遠ざかっていく。それはエコーのように。

「どこの子たちかしら……」

自分が誰であったのか、今が何時でここはどこなのか……、すべての記憶が消え去る瞬間。わたしは、理由など必要としない絶対的な「何か」に満ち満たされて、安心した気持ちで、ただその宙に浮かんでいます。ほんの束の間、自分の身をおくことのできる不思議な時空を漂う……。その時に再び思い出したのは、かつてわたしが大都市で暮らしていたころ、繰り返し見ていた、あの澄みきった墨色の夢。そう、あの夢と、このヴォイドな時空とはきっと、つながっている。

旅人をやさしく包みこみ、せわしない人生の出来事を忘れさせる休息の楽園へと誘った、人肌色のブランケット。その役割を終え、今や無造作に、ただそこに横たわっています。視線をすこし上げる。ベッドの上の壁に、海と空の絵。その絵の「奥」を見つめてみる。

海と空の絵を、海と空の境界線を、わたしは描いてきました。人はそれを水平線と呼んでいます。一体全体ほんとうに、そこに「線」はあるのでしょうか。わたしたちは幾度も、海に船を漕ぎ出して、幾千もの波を越え、その線をめざしては進みました。確かめるために。本当にそこに線があるならば、この手で掴めるはずだから。

でも、わたしたちは、船上で暮らしたあの日々の中で、一度たりとも、その線を掴むことはできませんでした。日は沈み、そしてまた昇りました。青、青……青は、青以外のあらゆる色へと変貌しました。移り変わり続けました。終わることなく。

「境を知らぬ。終わりを知らぬ」

声なき声でわたしに告げた、線もない、終わりもない世界。それは、見覚えのある風景……。

そうです。わたしが少女だった頃、境界線などない、一切の条件というものが存在しない世界を、すべてのものたちが無条件に受容される世界を、神様に見せてもらったことがあったのです。それが、千年後の未来の風景であることに気づかされたのは、大人になってからのことでした。今、目の前に広がるこの島の海と空の風景は、とてもよく、似ている……あの、めくるめく愛おしい未来に。たった一度だけ垣間見ることができたあの風景を、ただもう一度見たいと。砂漠で水を欲する殉教者のように探し求めていたからこそ、わたしは、辿り着いたのかもしれません。「あの未来」に、よく似た面影を持つ、この島に。

千年後の未来は、その実、千年前の過去なのかもしれない。そしてそれは、今という瞬間の中にあるのかもしれない。そう、すべてはもしかすると、ただ、「在る」だけなのかもしれない。千年後の未来の風景によく似た、この島の海と空の絵を、わたしはカンバスに描いています。それは、「条件の無い場所——あたたかいところ」。

くりかえし、くりかえし、描き続けています。あの切ないほどに懐かしい、千年後の未来から遡った、千年前の過去の日である、今日というこの日も。

VI

この日々の行く末に

——

アウト・オブ・ザ・ブルー

「タヒチに行ってしまうですって!?」

フラレッスンの朝のこと。突然に舞いこんだ、アンティ・レイラニが彼女の夫コネの生まれ育った遠い島、タヒチに移り住んでしまうという、センセーショナルなニュース。わたしの頬にはとたんに涙がこぼれました。考える間もなく。アウト・オブ・ザ・ブルー。それは「突然」という意味の言い回し。船乗りの、波間の視界のスクリーンに、青い水平線の彼方に前触れもなく出現する、見知らぬ誰かの一艘の船。いつだったかこの言葉に、レビーはそんな光景を語りました。さもなければ、瑠璃で作られた群青の絵の具が、太筆でカンバスの四角いっぱいに塗りたくられた色のストームの中に、ぽたんと落とされたチタニウムホワイト。それは、あまりに突然に。

「タヒチの小さな小さな島にわたしたちは家を持っているの。半径たった二マイルの島。山も小さな丘さえもない。人々の暮らしのすべてが海辺にあるようなところ。そこではみんな、朝から海で魚を網で捕ってそれを食べて暮らしてる。果実を木からもぎ取ってそのまま食べている。……ゆったりとした日々。そんなふうにあの人と、あの人がいっしょに育った人たちの中で、生きてみたいの」

そう語るアンティ・レイラニに、わたしは言いました。

「大好きなアンティの望み、それはわたしの望みです。でもわたしは、一生涯この島で、あなたから学びたいと、そして学べると信じてしまっていたんです。あなたは、わたしにとって世界一のフラダンサーだから」

クムフラの称号すら持とうとしない、隠すものなど何もないという、どこにだっているこの人が、世界一のフラ・オラパ（フラダンサー）だから。

「なんてことはない。二日ぐらいで戻ってくるさ」

そこに現れたアンティの夫、タヒチアンのシャイな大男コネ。コネは少し寂しそうな目をしたものの、すぐにわたしの涙をかき消そうとするかのように、唐突なほど大きな声で、冗談みたいに言いました。

コネの笑い声があっけらかんと、天を突く棒のように響きます。たしかに……、この瞬間と永遠、あるいは二日と二十年、すべてはもしかすると、そう変わりはないのかもしれません。旅人が去ったあとのあの空っぽの部屋で、居眠りから目覚めて、ふと浮かんだ思いが蘇る……。

すべてはもしかすると、ただ「在る」だけなのかもしれない。

ウルトラマリンブルーの天空はいっそう深く、今この地上がここちよき海底で、何千メートルも頭上にある海のサーフェイスから、刺さり落ちてくる光の柱たちを、ゆったりと揺られながら仰ぎ見ているかのようでした。ゆったりと。そう、静けさの中で発光する、深海魚たちに寄り添われて。

波の上は晴天。青を切り裂くようにまっすぐに横切る白い鳥。翼は見下ろしていました。ゆらゆらと光っては揺れる、小さな「ひと」という、わたしたちのすがたを。

VII

時をこえたところ

——ポノ

すきとおる

「ほらママきこえた⁉」

「え？」

いつも小さなメネフネ（ハワイ諸島に住んでいた小人族）たちがわたしたちの窓ガラスをノックする音を聞き逃さないきらかい。一緒に静かに耳をすますと……たしかに聞こえるのです。

「コン！」

島の精霊が、小さなにぎりこぶしで窓をたたいている音が、本当に。

海と空の彼方を見つめてきた、わたしのカンバスの中に、時に、花や葉や、土が現れるようになったのは、わたしが母となってからのことでした。そしてそれからのわたしは、それらを通じて、形なき「光そのもの」をあらわそうとし始めました。

ある時、不思議なことが起きました。島のある日のことです。サンダルウッドの丘の家の、壁に掛けられた自分が描いた一枚の絵。その絵の中の花が、わたしに語りかけてきたのです。花畑が描かれたカンバスの中から。白をたくさん混ぜてマットに薄まったブリリアントピンクの、咲き溢れる花畑の絵。その中のたった一輪が、独自の、まるで生きた人のような存在感を持って、わたしに向かってきたのです。わたしが描いた絵。でも、この一輪の花の主張を、わたしが意図した記憶はありません。それは、わたしがからだの中にいのちを宿していた時に描いた花たち。絵筆は、どんな言伝を託していたのでしょうか。未来のわたし自身に。

天使のようだった子ヒツジのスペコウが、本当の天使になってしまったあとの島の日々の中で。スペコウによく似た柄模様の翼を持ったメンドリのマシュマロだけ、彼女だけが、ちゃんと忘れずにタマゴをあたため続けるメンドリでした。ベージュの濃淡のあるタマゴを七つ、彼女のふっかふ

VII

時をこえたところ

——

ポノ

かにふくらんだ翼の下に並べているのです。夜になるとほかのメンドリたちは、揃ってオンドリのハンサムといっしょに、マナコ（マンゴー）の枝を止まり木にして眠りますが、マシュマロだけは、タマゴを産み落とした巣箱から決して離れようとはしませんでした。ほかとは違うスペコウの翼を持っていたせいなのか、マシュマロは、ほかのメンドリたちにいつも突かれ、いじめられていました。だから、いつでも心もとなそうにも見え、タマゴを抱いていることが彼女にとっての安らぎのようでもありました。花火の閃光が夜空を飾り、島の少年たちがいたずらに爆竹に興じるあきれたホリデーのあいださえ、マシュマロは巣箱を守り、決して怠けることはありませんでした。

それから幾週間かが通り過ぎた、眩しいレモンイエローの朝のこと。小さな雛鳥が忽然と！　マシュマロの足元にまとわりついて、愛くるしく鳴いている姿をわたしは見つけたのです！

ちよちよちよちよ、ちよちよちよちよ……。

それはまさに奇跡のように。そうです。七つあったタマゴは六つに減っています。そして驚いたことに、さらにひとつのタマゴに裂け目ができて、ちっぽけなくちばしが突如とのぞき、小さな一羽の雛鳥がその殻を破ってわたしの目前で生まれ出たのです。あたらしい「いのち」の誕生の瞬間。そこに居合わせたのはただひとり、わたしだけ。母となったメンドリのマシュマロは、まるで、聳《そび》える小さな神殿のように、自信に満ち満ちて見えました。そうしてわたしのからだじゅうが、たとえようもない幸福感で一杯に。

「見た?」

島の風の透過色だけがそう耳打ちし、わたしをからかうように「この時」を追い越してゆきます。それは光。バックグラウンドに横たわる白群。わたしをとりかこむ三百六十度がワールドヒストリーに残されるほどの、ささやかであたりまえの、そんないつもと変わらない、島の、とある朝の、小さな小さな出来事でした。

ただ、在ること。なにごとにも縛られない。縛るものなどない。わたしが、「すべて」であるということを今、信じられる。

からだに、ひだまりのような温もりが、じんわりとそそぎこまれてゆきます。オレンジ色にひかる、燃え尽きぬともしび。あるいは無限大の雨の雫たちが、崖から滝となって駆け落ちるように。それは、まさしくひとつのいのちとして深呼吸をしている。谷底へと到達し、川となって溢れ出し。尽きることなどなく、こんこんと海へと流れ出る。まるで意思を持った生きもののように。群れとなった雫たちは、今や、波となって大海へとうねり出します。すべての色を映し出す青となって。いのちの源としての誇りさえ抱いて。

こんこんこんこんこんこんこんこん……。

わたしの中へと流れこみ、溢れ出す。それは光。目も眩むゴールド。そして、それはまるで嘘みたいにあたたかく、とても、とてもとてもやさしい。からだの奥に染みわたり、たましいはその喜びに、小刻みにふるえてる。その輝かしさは、世界の夜が終わる時、なだらかな山のシルエットの一点から、土砂降り色の暗闇を打ち破り、放射状にこの世界の隅まで広がって、切りもなく照らしつくす、朝色をした光のよう。かけがえのない絆で繋がるすべての人たちへの、こみあげるいとおしさのよう。今、時空を飛び越え、わたしたちがすべてであり、すべてが「かみ」(火水＝神)である記憶がよみがえる。

耳を澄ましてみる。たくさんの小さな音たちは、とこしえに連なる「つかのま」を、みんなで集まっては祝福している。聞こえてくる。時に高らかに。時に囁くように。あるいは彼方から、そしてわたしたちの奥底からも生まれる音。今、聞こえる。この星のすべてが染まる。透きとおった、かたちもない音たちに満たされて。包まれて。小ききし人がその母に、しっかりと抱きとめられて、守られるように。

VII

時をこえたところ

——

ポノ

みちる

とある島の朝、フラを踊っている時に、ようやくようやく、わたしの中心に降りてきました。ようやくようやく。ようやくようやく。ゆっくりと踊ること、だけではない……それは、たしかにスローモーションのようなのに、でも決してゆっくりなだけではない。「ゆっくりと踊る」という意識があるなら、それはスピードの次元からの発想であったことへの深い気づき。速度を超越した時空。それは、まるで、誰かから十分に愛された経験の、満ち満たされた感覚。そのしっかりと地に根を生やしたような「ゆたかさ」が、わたしの中に遂に降りてきたのです。

それが、わたしが長い間ずっと、知りたいことだったのです。そうなのです。この感覚を、ポノ（「完全」や「本来あるべき」といった様々な意味を持つ言葉）と呼ぶのかもしれません。今、感じているこの温度が、そうです。マナ（エネルギー）というものなのかもしれません。

「コン！」

今朝も、わたしたちの窓をノックする小さな島の精霊。きっと今、ウインクしてる。ふと、見つめられているような気配に振り向くと、窓枠の向こうにはまた、海と空が横たわっていました。いつでもそこで、かならず待っていてくれる、物静かな潮騒のリフレーンたちが。

VII

時をこえたところ

——

ポノ

そめゆく

「モロカイ・クウ・ホメ（モロカイ、わたしの家）」

ロノの歌をはじめて聴いた時、彼はそう歌っていました。その歌声は朴訥な語りのようで。あるいは、まるで、法螺貝《はらがい》の音のようだと言った旅人もいました。ハワイの四大神の一神であるロノ。彼はその名を授かった、この島の、それは美しくハスキーな声をもった歌い手で、カフナ（特別な力を持ち、コミュニティの中で専門的な役割を担う人々）の末裔だともいう。マナ（エネルギー）のこめられた歌。この島の東のプウ・オ・ホク（星の丘）という名の地で、伝説の賢者ラニカウラの、ククイの森を駆け回って育ったという。その歌声を聴くためだけに、島まで訪れる人もいるのです。何千ドルもあげるから、何処か遠い海の向こうの、異国の大きな場所で歌って欲しいと、オファーを受けたこともあるといいます。でも、彼はただ、この島にいるのです。ただこの島で、歌っているのです。時に、奔放に感情をあらわにすることの歌い手のことを、我侭《わがまま》だという人も。でもその歌声は、すべてを忘れさせることでしょう。ケ・アクア（神様）から確実に授かった、その飾りなんてない歌声が。

もっともわたしの深みに届く、あの曲のタイトルは、「ヘブン・アット・ワン・スリー・ワン」。彼が書いたインストゥルメンタル。ワン・スリー・ワン（131）とは、彼の住まう家の番号で、仮住まいのその家をヘブン（天国）と呼び、夢見心地なウクレレを聴かせるその伝説の歌い手の、歌ってない曲。わたしを身体から離す曲。

きらかいの七歳のバースデーイブのことでした。西の果てへと向かいます。島々の神のひとり、ロノの住処と呼ばれる海辺で一夜を過ごしたいという、一日早いバースデーガールからのリクエストを叶えるために。小さな西端の町を越えて、海辺に到達するまでの、終わりなどないかのように続く真っ赤なダートロード。それはたとえば、人が世界の果てに思いを馳せる時、こころに描くであろうビジョンそのまま。赤い土ぼこりは、まるで小さな竜巻のようにわたしたちを乗せたクルマに覆いかぶさり、風に遊ばれては吹き去っていきます。

荒野のように広がる乾いた地。幾マイルも続く百八十度の水平線の風景。ゆっくりと、時には急ぎ足で、溝にはまらないようクルマを転がす。くねったガタゴト道の終着点まで。この海辺で、きらかいの六歳最後の夜を過ごすことにしたのです。家族四人と、必然のようにこの時に、この島に集った仲間たち、レカとタイ、それからキコの三人組を招いて。

それは明るいマヘアラニ（満月）の晩。白砂に火を焚き、流星を探すには眩しすぎる月明かりの下。バースデーイブパーティーは途切れることのない笑い声に満ち。誰かのアイディアで、枝の先に火を点して絵筆に見立てると、真っ黒な空中というカンバスに、朱色に燃え輝く輪郭線を描きました。競うように。自慢の写真機で写すのはレカ。まるでゲームのように皆でかわるがわる。

夜が深まっても終わらない楽しげな時を背景に、わたしは思いに耽りました。最初の女の子、きらかいが生まれてくる前のこと。週末が来るたびにレビーがわたしを連れてきたのも、同じこの海辺でした。時に、雲や稲妻に姿を変える、豊かさと平和の神の家。そして七年前のわたしがここで、きらかいを宿した大きなおなかをぽかんと、この波に浮かばせて見つめたもの。それは、捉えられないほどゆっくりと、でも、上空をたしかに流れゆく雲たち。いつまでも、いつまでも。一筋の光を放ったあの雲は、きっと聖なるもののインカーネーション（化身）。

「ふたりだけでここに来るのはこの週末が最後だろうか」

レビーとふたり、そう語りながら見届けたのは、線香花火の玉のようなバーミリオンに燃え落ちる夕日。レビーは長くしっかりとしたキアヴェの木の枝を拾っては、渚に大きなアルファベットで、三人家族になるわたしたちの名前を、ひとりひとり記したものでした。産み月だったそのころ、さらにその三年後の未来にはふたり目の女の子、たまらかいがやってくることなど、ふたりとも想像さえもしてはいませんでした。

きらかいを迎えてからわたしたちは、七回の、常夏にもたしかに在るゆるやかな四季をめぐりました。速度を上げたクルマの窓に流れる、捕まえることなどできない風景のように、通り過ぎた時の、その面影を見つめます。波の立たないフラットな海のように穏やかな気持ちで。

サンダルウッドの丘に家を建て、その家で暮らし始めてからは五回目の十二ヶ月。そして、その途中にはたまらかいが誕生し、あかるい砂浜色に塗った、真新しかった壁という壁は、こどもが届く高さにだけ、今では赤土色の小さな手跡で一杯に。それは小さな幸福の軌跡。

パーティーは終盤となり、海辺に灯した火が小さくなるころ、ひとりまたひとりと眠りにつきます。さざ波が運ぶ、すずやかな夜の海の匂い。その晩、月光のセレナイト色に隠された、流れた星たちの見えない痕の下。わたしは終夜、目を開けては思い、また瞼を閉じては眠りました。この海辺に作ったここちよい寝床で。からだを包んだブランケットで遮られても、まだ伝わってくる大地のしっとりとしたやさしい息づかいと、ぬくもりを感じながら。

目覚めた青。誕生日の朝が始まる兆しの時間帯。

「バースデープレゼントをあげよう」

そう言って、レビーは眠っていたきらかいをしなやかに起こし、東の方角へ彼女をさらってゆきました。小さいたまらかいはまだ、わたしのそばで平和な寝息をたてています。刻々と移り変わる夜明けというグラデーションのただなか。

海辺の一帯が、あたたかいクリームイエローに弛み始めたころ、きらかいは、レビーと手を繋いでわたしたちのもとへとふたたび舞い戻ってきました。笑顔。

「パパからバースデープレゼントをもらったの。それはあさひだったの！」

そのプレゼントは、決して誰にも手が届かない、誰のものにもなることはない最高級品。まあるくまるくまあるく燃えて、きっと珊瑚朱色にゆれていたことでしょう、まばゆくひかりかがやいて。七歳の誕生日のあさひの色は、この娘《こ》の血となり肉となり、記憶のパーツとして、受け継がれてゆくことでしょう。生まれくる、未来のこどもたちにまで。千年後の未来にまで。そう、そのもっともっとあとまでも。

「ハウオリ・ラ・ハナウ・イア・オエ（誕生日おめでとう）」

わたしはきらかいを抱きしめました。

さぁ、大きなピクニックバスケットからキャストアイロンのフライパンを取り出して、レビーが、夜が明けてから、新たに熾した焚き火でパンケーキを焼きはじめます。わたしたちのメンドリが生んだタマゴと、空き瓶に入れて持ってきたオーガニックのミルクとバターに全粒粉。それから、わたしたちの巣箱から収穫したてのキアヴェのはちみつ。海辺の朝食を、よりハッピーにするために必要なものは、どれもちゃんと揃っています。サンダルウッドの丘の家のガーデンからもぎ取ったパパイヤも、忘れずに持ってきました。

仲間たちが散歩からもどり、そろそろ朝寝坊のたまらかいも目を覚ますころ。海辺にやってくるたびに使い古され、底が煤だらけになった、セルリアンブルーに牡蠣色の細かいドットが散らかったホーローのケトル。焚き火にかざして湯を沸かして、粉に挽いた穀物コーヒーのマグカップに注ぐ。たちまち芳ばしい香りと一緒に白い湯気、ちっぽけで可愛い、いたずらゴーストのように立ち上がりました。

砕けるパーティークラッカーのように声を上げて笑う、みんなの頬という頬を、バースデープレゼントのあさひがピカピカに照らして、一色《ひといろ》に染めてゆきます。ふと、視線を遠くへ投げてみる。続いていく波、始まりも終わりもない海と空。

その朝の波間には、アンカーを降ろした旅の途中のセイルボートが、幾艘か浮かんでいました。その純白のマストは真っすぐに、高く。すべての色たちを超えた、果てしなき天へと向かって。

エピローグ　千年後の未来から

「大人になりたくない」

ある時、大人になるまでの時間に、「あらゆる別れ」があるということに気がついて、突然助手席で泣き出した、もうすぐ十五歳になる少女。走行車の窓枠から逃げるように流れ去る水平線を見つめながら。七歳のバースデープレゼントに「あさひ」をもらった子。

数々のホーアイロナ（サイン）を紐解くように書き残した物語。あれから八年という時が過ぎ、その間に、一番大切なものが笑顔であると伝えた偉大なるクムフラ、アンティ・モアナは、亡き人となりました。同じく、伝説のカウボーイ、アンクル・バズィも、最愛の妻、アンティ・マーリーンを残してこの惑星から去り、「アロハ・ヴァウ・イア・オエ（あなたを愛しています）」という言葉を、幼かった娘たちに教えたトゥトゥ・カウイラも、惜しまれながら天に召されました。
一方、タヒチへの移住を思いとどまったアンティ・レイラニことアンティ・ヴァルは、今や、望んでさえいなかった輝かしきクムフラの称号を与えられ、今もなお、この島でフラを教え続けています。そして、一度は病の床についた偉大なるハラヴァ渓谷の師、アナカラ・ピリポ・ソラトリオは、島人たちの祈りとともに回復し、今も、いにしえの言葉を伝えています。

あんなに小さかった次女も十二歳。シルエットさえ見えない鹿たちが夜のしじまに潜んでいることを見透すような少女へと成長しました。わたしたち四人家族といえば、今から三年前に、思いがけなくサンダルウッドの丘の家を後にすることになったのです。思えば、それは不思議なさだめに導かれるように。流されるかのように。かつて島の歌い手ロノが、仮住まいとしていた天国131番地の家で、今、わたしたちが暮らしています。

愛してやまなかったインストゥルメンタルが生み出されたあの家に。あのころには、想像すらできなかったこと。

この年のはじめのこと。わたしたちの現在の住まい、天国131番地の家から、かつて船上生活をしていたころにただの一度だけ遭遇できた、あの伝説の白いナイトレインボーを、三夜続けて見ることができたホーアイロナ。ロノがこの家で書いた曲のひとつにも歌われている、夢を叶えるアヌエヌエ（虹）。

2011年、春の出来事のあとでした。「待っている人たちがいる。本を作ってください」という不思議な言伝が目には見えない世界から届けられたことがきっかけで、長女の七歳までの時間を残さなくてはという、可笑しな、焦りにも似た感覚に急き立てられるように書いたもの。書きあげられ、そして、八年ものあいだ眠っていたものが、こうして、人々のこころに、今、届いてゆく物語のミラクル。眠り姫が目覚めて起きあがり、まるで約束の時に扉を開けて、ひとりで歩み始めるかのように。

最後に、透き通るデザインで作品世界を何倍にもしてくれる信頼高きブックデザイナーであり、数十年来の友人、鳥沢智沙さん、収まりきらない思いを知的に抱きしめてくれた編集の大嶺洋子さん、いつもまっすぐ信じてくれる愛すべきキーパーソン日高周さん。どうもありがとうございました。……そして誰よりも、希望というもののきらめきを、わたしたちひとりひとりの胸いっぱい届けてくれた人、つるやももこさんへ、この本を捧げます。

別れの悲しみに気づいてしまった十五歳の少女はきっと、同時に気づくことでしょう。彼女の行く末には、たくさんの「出会いと再会」が待っていることに。悲しみの深さよりも、ずっとずっと大きなよろこびに満ち満ちた。
これからも、物語は続いていきます。懐かしい、千年後の未来への帰途へと向かって。

131番地の天国にて
2020年　山崎美弥子

cover
Ocean and Sky　Aloha kekahi i kekahi（互いに愛しあう）/ Love Supreme
Acrylic on Canvas / 76×101.5cm / 2018
Collection of Keiko Sasaki

opening page
Ocean and Sky
Acrylic on Canvas / 45.6×53cm / 2004
Collection of Keita Maruyama

prologue
Ocean and Sky　Aloha kekahi i kekahi（互いに愛しあう）
Acrylic on Canvas / 50×50cm / 2017
Collection of Mai Kariya

Chapter I
Ocean and Sky Aloha kekahi i kekahi（互いに愛しあう）/ Love Supreme
Acrylic on Canvas / 76×101.5cm / 2006
Collection of Emi Sugitani

Chapter II
Ocean and Sky　Hanau o Hina（ヒナの出産）
Acrylic on Canvas / 45×45cm / 2017
Collection of Momoko Tsuruya

Chapter III
Pua-Malie o Hoailona（やさしい予感）
Acrylic on Canvas / 50×40cm / 2018
Collection of Yoko Sada

Chapter IV
Ocean and Sky　Aloha kekahi i kekahi（互いに愛しあう）/ Poo kela ke aloha（至上の愛）
Acrylic on Canvas / 50×50cm / 2016
Collection of Mikiko Kuroshima

Chapter V
Ocean and Sky　Aloha na mea ike ia me ia oe iho pu（自分を含めた目にするものすべてを愛する）
Acrylic on Canvas / 50×50cm / 2019
Collection of Reiko Tatsuoka

Chapter VI
Ocean and Sky　Hemolele o Hoailona-Hanama ke Aloha（聖なる兆し、愛の奇跡）
Acrylic on Canvas / 76×101.5cm / 2017
Collection of Kazuko Hayasaka

Chapter VII
Ocean and Sky　Ke Ao-Hoala（光、のぼる）/ Rise Up
Acrylic on Canvas / 76×101.5cm / 2017
Collection of Kayoko Hirao

All paintings are by Miyako Yamazaki

ハワイ語の表記について

本書ではハワイ語を、カタカナ表記にしています。著者がモロカイ島での生活の中で聴き取ったハワイ語を、そのまま一番近い音として表記しました。

ハワイの神話について

ハワイ諸島にはもともと文字がなく、あらゆる物語が、口頭で人々に伝えられてきました。そのため、神話や伝承には、さまざまな説があります。本書に登場するエピソードや名称は、ハワイアンの口伝の文化にのっとり、著者がモロカイ島の人々から伝え聞いた通りに書き記しています。

あ

[アアヒ] サンダルウッド
[アイナ] 大地
[アイハア] 膝を曲げて腰を落とす体勢
[アウアナ] モダン
[アオ] ひかり
[アクレ] アジ
[アヌエヌエ] 虹
[アヒ] マグロ
[アフイホウ] 別れ際に残す言葉。また会う日まで。
[アロハ] 愛、慈悲、恵みなどを表す言葉
[アロハ・ヴァウ・イア・オエ] 私はあなたを愛しています
[アロハ・オエ] あなたに愛を
[アロハ・カカヒアカ] 朝のあいさつ。おはよう。
[イナモナ] 伝統的な焼きククイナッツ
[イプ] ひょうたん
[ヴァア] カヌー
[ヴァヴァホヌア] ポリネシアの多くのエリアで信仰される女神ヒナは、ヴァヴァホヌアというイプの中から風を吹かせて正しくない行いをする人々を戒めると信じられている。その風に吹かれても改心しない人々にはさらに激しい風を、それでもなお改心しない人々には嵐のように激しい風を吹かせると伝えられている。
[ウア・ノア] 送り出す、解放
[ウイ] 美しい
[ウニキ] 卒業。フラの学びにおけるウニキは容易ではなく、大きな意味合いがある。

[ウハロア] ハワイアンハーブの一種
[ウル] パンノキ
[オネ・アリイ] 王族の砂
[オハナ] 家族、一族
[オピヒ] ハワイ固有種の貝
[オヘ] 竹
[オヘハノイフ] ノーズフルート
[オリ] 詠唱
[オレロ・ハワイ] ハワイ語

か

[カウアイ] ハワイ主要8島の最北端の島
[カオナ] 隠された意味
[カナカ・マオリ] ハワイアン
[カヒコ] 古典
[カフナ] 特別な力を持ち、コミュニティの中で専門的な役割を担う人々。モロカイ島は魔術を使うカフナたちの修行の地で、強大な祈りの力を持つことで知られている。
[カ・フラ・ピコ] モロカイ島で毎年夏のはじめに開催されるフラの発祥を祝い伝承する祭り
[カヘレラニ・シェル] ハワイの島々で採れる小さな貝の中で、最も美しく貴重なもの
[カラニ] 天
[カロ] タロ芋。古来よりハワイの人々にとって大切な食物だった。
[キー] ティーリーフ
[キアヴェ] マメ科の植物。その花からは甘い蜜が取れるが、鋭い棘があり、かつて異邦人が裸足の島人に靴を履かせてしまうために持ち込んだ侵略的外来種の一つ。島の生態系を崩してしまった。
[ククイ] ハワイ在来種。粉をふいたよ

うな葉の色はシルバーグリーン色と言われる。かつてその実から採れる油に火を灯し生活の中で活用されていたことから、「光」という意味もある。
[クプナ] 年長者を敬う呼び名
[クム] 師
[クムフラ] フラの師匠
[クムフラ・アナケ・ハリアット・ネ] クムフラであり『テイルズ・オブ・モロカイ』という文化的に高い価値のある書籍の著者。
[クラ・カイアプニ] ハワイ語の言語環境で全教科を学ぶ学校。ハワイ王朝転覆後、失われつつあったハワイ語再生のために設立され、ハワイ各地に少しずつ増えてきている。
[ケ・アクア] 神
[コハラ] 鯨

た

[トゥトゥ] おばあちゃん

な

[ナアウ] 己の腹の内
[ナ・アウマクア] 神々、先祖たち
[ナイ・ア] イルカ
[ナエハ] 痛み
[ニウ] ココナッツ
[ノエ] 霧雨

は

[パイ] カミロロアの地に吹く風の名前。「駆り立てる、目覚めさせる」などの意味がある。ハワイではその土地ごと、季節ごとに、風や雨に名前がつけられてい

る。
[ハウ]　ハイビスカスに似たアオイ科の植物
[ハウオリ・ラ・ハナウ・イア・オエ]　誕生日おめでとう
[パウ]　スカート
[ハウマナ]　生徒、弟子
[ハナイ]　養子。ハワイには、血縁に関係なく、子どもを慈しみ育てる文化がある。家族として生活を共にするだけのこともあれば、フラなどの伝統文化を継承する担い手を育てることもある。
[パニオロ]　ハワイアンカウボーイ
[ハラウ]　フラの学校
[ハラヴァ]　モロカイ島東部、ハワイアンの最初の先祖が住み着いた地。今でも古代ハワイアンの文化が受け継がれている。
[ハレ]　家
[ピコ]　中心、へそ
[ヒナ]　ハワイの神話に登場する女神。モロカイ島、ラナイ島、マウイ島は、ヒナと天空の神ワーケアの間に産まれたと言われる。ヴァヴァホヌアというイプの中から風を吹かせて正しくない行いをする人々を戒める。
[プア]　花
[プア・ケニケニ]　花弁の色が白からオレンジに変化する、芳しい香りの花
[プウ]　丘
[プウヴァイ]　心
[フラ]　踊り。ハワイで継承されるフラは、踊りだけでなく、プレ、オリ、楽器の演奏などのすべてを含む。古代からの教えや神話を伝承するカヒコと、ウクレレやスラックギターなど現代の楽器の伴奏で感情豊かに踊るアウアナに分かれる。
[フラ・オラパ]　フラダンサー
[プレ]　祈り

[プレ・オ・オ] 強い祈り。モロカイ島を象徴する言葉。カフナと呼ばれる賢者たちが住む島であったモロカイ島は、侵略者を祈りの力だけで撃退したと言われる。
[ポー] 夜、かげ
[ホーアイロナ] サイン
[ホオラウレア] パーティー
[ホク] 星
[ホクレア] 「喜びの星」の意味で、うしかい座の1等星アークトゥルスを指す。「ホクレア号」は、古代ポリネシアからハワイにやってきた人々の航海術で世界を旅するカヌー。
[ホヌア] 地球
[ポノ] 「完全」や「本来あるべき」といった様々な意味を持つ言葉
[ポーフエフエ] ヒルガオの仲間
[ポハク] 石

ま

[マイ・ア] バナナ
[マウカ] 山側
[マカイ] 海側
[マナ] エネルギー
[マナ・オ・イオ] 信仰、信条
[マナコ] マンゴー
[マハロ・ヌイ・ロア] 感謝を伝える言葉
[マヘアラニ] 満月
[メネフネ] ハワイ諸島に住んでいた小人族
[メリア] プルメリア
[メレ] 歌
[メレフラ] 踊りの伴った曲
[モオレロ] ストーリー
[モクレレ] 飛行機
[モロカイ] ハワイ諸島のひとつ、東西に長い小さな島。ハワイアンの血を引く

人々が多く暮らし、今も古くからの文化や伝統が残る。

ら

[ラヴァイア] 漁師
[ラウカヒ] オオバコ
[ラウハラ・ハット] アダンの葉で編んだ帽子
[ラナイ] バルコニー
[ラナイ] ハワイ諸島のひとつ。モロカイ島の南に位置する。
[ラニカウラ] ハワイで最も神聖であり、最強であったと言われる実在したカフナ。ラニカウラが埋葬された地にはククイが植えられ、やがて聖なるククイの森となった。
[ルア] ハワイの伝統的な格闘技
[レイ] 花や葉、貝殻などで作られた、頭の周りや首にかける装飾品。愛の象徴として与えられる。
[ロイ] タロ芋の水田
[ロコ・イア] 魚の養殖場
[ロノ] ハワイ四大神の一神

わ

[ワヒネ] 女の人
[ワヒネ・カナカ・マオリ] ハワイアン女性

Special Thanks（敬称略）
尾崎愛
佐田真由美
砂原文
住吉智恵
野口アヤ
早坂香須子
丸山敬太
道端ジェシカ
吉井仁実

本書は、ウェブマガジン「ホーアイロナ」での連載に加筆修正したものです。

モロカイ島の日々
――サンダルウッドの丘の家より

2020年10月20日　初版第一刷発行

著者　山崎美弥子

装幀　鳥沢智沙（sunshine bird graphic）
編集　大嶺洋子（リトルモア）、つるやももこ、日高周（ホーアイロナ）
絵画撮影　奥宮誠次（Anchovy Studio）

発行人　孫家邦

発行所　株式会社リトルモア
〒151-0051
東京都渋谷区千駄ヶ谷3-56-6
電話：03（3401）1042
ファックス：03（3401）1052
http://www.littlemore.co.jp

印刷・製本所　中央精版印刷株式会社

ISBN978-4-89815-528-8　C0095

OAHU
MOLOKAI
MAUI
CANAI
KAHOOLAWE
HAWAII

KAUAI
NIIHAU